le onde
34

Umberta Boetti Mussi

Chiedimi aiuto

Nerosubianco

Questo libro è un'opera di fantasia. Nomi, personaggi, luoghi e avvenimenti sono il frutto dell'immaginazione dell'autrice o usati in modo fittizio e ogni rassomiglianza a persone realmente esistenti o esistite, imprese, aziende, fatti o luoghi è puramente casuale.

In copertina:
LUISA ALBERT, *Ludwig*, olio su carta

Via Torino, 29 bis - 12100 Cuneo (Italy)
Tel. (+39) 0171 411921
www.nerosubianco-cn.com
ISBN 978 88 98007 87 5

A mia madre

Avevo un cane nero.
Nero e colmo di luna,
come i miraggi dell'infanzia.
Ma giunse la luna, quella di verità e sangue,
e gli disse che nessuno
regna contro la nebbia.
Laureano Albán

Prefazione

Una sera di inverno, all'inizio del 2016. Siamo radunati intorno a un grande tavolo, pronti a iniziare il nostro corso di scrittura. C'è Luisa, elegante e già un po' scrittrice, c'è Eleonora, attrice, c'è Luisella, arruffata, c'è Angela, e Valentina, e Daniela con i suoi adorabili assurdi personaggi Frederick e Augustine, c'è Federica, e c'è Simone, l'unico maschio. Ma Umberta? Umberta e sua figlia Anna, dove sono? In ritardo, ecco dove sono. Arrivano trafelatissime raccontando un complicato quanto innocuo incidente di macchina, le guardo e penso: "Simpatiche, queste due, ma non credo combineranno granchè." E invece ecco qui, quanto mi sbagliavo. Umberta è la seconda partecipante a uno dei miei corsi che completa e pubblica il suo romanzo. E un giallo, per di più! Proprio quello che a me piacerebbe scrivere, peccato che non sono e mai sarò capace. E invece lei ha costruito con pazienza e tenacia la sua storia. Ha accettato correzioni e consigli e li ha messi a frutto nel migliore dei modi, e ha inventato con amore personaggi credibili, interessanti, personaggi veri, di quelli che quando finiamo di leggere un libro ci spiace perdere...quel caro ragazzo di Lennon e il commissario Geraci, la libraia zoppa e il principe arrancante, la conduttrice troppo seducente e la veterinaria troppo generosa. Ci si trova immediatamente a proprio agio, nel libro di Umberta: le strade, i locali, le colazioni, i cani, le passeggiate. Anche le situazioni, i sentimenti, sono semplici ma intensi, sono nostri o di persone che conosciamo, ma hanno però sempre quel tratto misterioso, quel rimando a un prima o a un dopo che non conosciamo, che è esattamente ciò che chiediamo a un buon giallo. Non c'è nulla di dilettantesco o approssimativo in *Chiedimi aiuto*, e anche io, come voi che state per leggere questo romanzo, spero che sia il primo di molti, che ci accompagnino lungo inverni e primavere ed estati al mare, come un gelato, uno zabaione, il profumo dei tigli, il fruscio delle foglie rosse e gialle. Un romanzo quotidiano, un po' come il pane. Bello, no?

Stefania Bertola

I personaggi

György Szilágyi detto **Lennon,** ragazzo ungherese, chitarrista di strada e dog-sitter. Abita in una soffitta in via Vanchiglia.

Irene Zucchi, veterinaria con studio in Via Bava 5.
Abita fuori Torino con il marito e i due figli.

Gaia Armandi, ex-modella, attualmente giornalista e conduttrice RAI. Abita in via Napione 6. Ha un Riesenschnauzer nero di nome Ludwig.

Il dottor **Ernesto Biasutti,** dentista con studio in Piazza Vittorio Veneto 21. È sposato, con due figli.

Carlotta Calandri, affermata commercialista, abita in lungo Po Diaz. Ha una coppia di Jack Russell di nome Joe e Black.

Alberto Molinari avvocato civilista, specializzato in diritto societario, ha una moglie e un figlio. Abitano in via Napione 6.
Ha una Bassotta a pelo ruvido di nome Tea.

Ferdinando Greco detto **Nando** portinaio dello stabile in piazza Vittorio Veneto 21. Ha una Yorkshire Terrier non proprio di pura razza che si chiama Minnie.

Il principe **Clemente Rajmondi** consulente finanziario. Abita in via Napione 6. Ha un gatto Blu di Russia di nome Vashka.

Jole Sandrelli, proprietaria della libreria *Il Leggio*, in via Bonafous all'angolo con piazza Vittorio Veneto.

Il commissario **Guido Geraci,** dirige il commissariato di via Verdi. Abita con la moglie Costanza in via Mazzini.
Ha un meticcio che crede di essere un Bassotto, di nome Ettore.

Costanza Geraci moglie del commissario Guido Geraci, ha una bottega antiquaria in via Maria Vittoria.

L'ispettore Laganà, braccio destro del commissario Geraci.

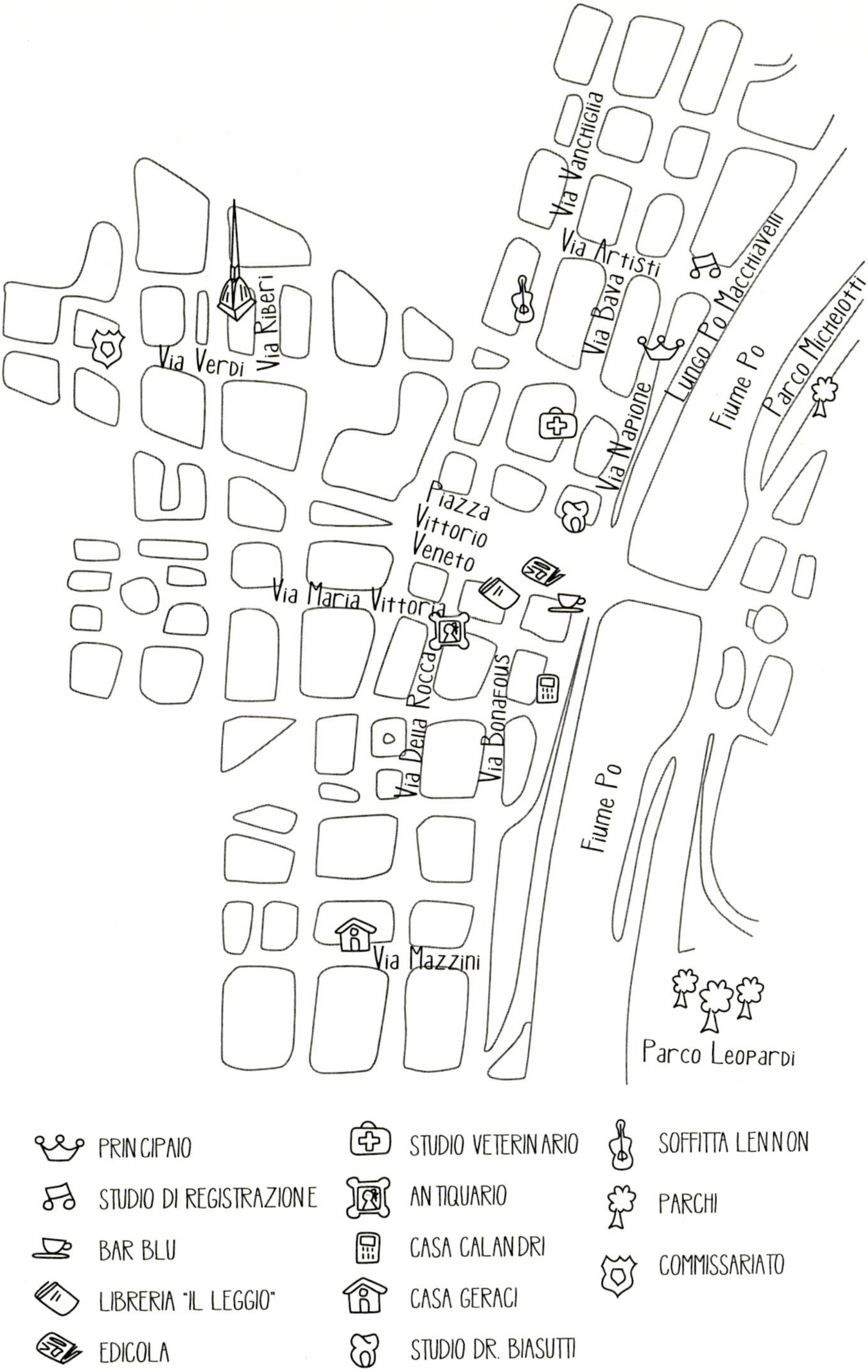
Via Vanchiglia
Via Artisti
Via Bava
Lungo Po Macchiavelli
Parco Michelotti
Via Napione
Fiume Po
Via Verdi
Via Riberi
Piazza Vittorio Veneto
Via Maria Vittoria
Via Della Rocca
Via Bonafous
Fiume Po
Via Mazzini
Parco Leopardi
PRINCIPAIO
STUDIO DI REGISTRAZIONE
BAR BLU
LIBRERIA "IL LEGGIO"
EDICOLA
STUDIO VETERINARIO
ANTIQUARIO
CASA CALANDRI
CASA GERACI
STUDIO DR. BIASUTTI
SOFFITTA LENNON
PARCHI
COMMISSARIATO

1. Lunedì, 20 febbraio 2012

Che piazza Vittorio Veneto sia la più grande piazza porticata d'Europa, Lennon l'ha sentito dire tante volte, ma mai come oggi, mentre la attraversa di corsa in diagonale per raggiungere il Bar Blu, all'angolo con via Bonafous, gli è sembrato così vero. Sono le otto e quarantacinque di un freddo ma assolato lunedì mattina di febbraio, uno di quei rari giorni invernali in cui Torino si risveglia dal torpore delle sue nebbie monocrome e si scopre piena di colore.

– Scusi il ritardo! – sta già dicendo quel ragazzo alto e dinoccolato, appena entrato, mentre si fa largo tra gli avventori infreddoliti e insonnoliti per raggiungere il tavolino a destra, al quale è seduta una bella donna bruna sulla quarantina.

Carlotta Calandri, in effetti, ha l'aria di chi i ritardi proprio non li sopporta: sta nervosamente tormentando l'angolo di un tovagliolo e la sua caviglia urta senza sosta la gamba del tavolo.

– Ciao, Lennon, finalmente sei arrivato! Cosa ti è successo?

– Mi dispiace, non ho chiuso occhio tutta la notte dal male e ho fatto tardi.

Dove abbia male, il povero Lennon non ha bisogno di precisarlo: tutta la parte destra della sua faccia sembra come ritorta su se stessa: ha la guancia gonfia e l'occhio semichiuso.

– Ti hanno pestato?

– No, no! Non so cosa sia, è da ieri che mi fa male e stamattina mi sono ritrovato così.

– Nevralgia del trigemino – si intromette con competenza il dottor Biasutti, a cui è bastato uno sguardo per la diagnosi. È al bancone del bar, ha sentito la conversazione e anche lui stava aspettando Lennon, per offrirgli, come al solito, il caffè.

– Passa da me, che ti do un'occhiata, più tardi. Intanto prendi questo, però – suggerisce il dentista, mentre si fruga nella tasca della giacca alla ricerca di una cartina di antidolorifico – e vai in farmacia. Aspetta, ti faccio la ricetta, devi prendere anche degli antibiotici per l'ascesso. Ti aspetto verso mezzogiorno in studio? Prima non ce la faccio.

– Grazie mille dottore, certo, mezzogiorno va benissimo. Riporto a casa i cani e arrivo da lei.

I cani di cui parla Lennon sono quelli di cui si occupa, essendo il loro dog-sitter.

Per questo Carlotta lo stava aspettando con tanta impazienza: ha appuntamento con lui in questo bar alle otto e mezza ogni mattina, per affidargli Joe e Black, i suoi due pestiferi Jack Russell, inguainati nei loro cappotti Burberry.

Lennon afferra il guinzaglio doppio e, ancora scusandosi e ringraziando esce di corsa, proprio mentre sta entrando Irene Zucchi.

– Ciao, Lennon, ma cosa diavolo è successo alla tua faccia?

– Non lo so, qualcosa di complicato che ha a che fare con il mal di denti e in effetti fa molto male..., il dottor Biasutti mi ha detto di passare a farmi vedere più tardi. Scusa, scappo, sono in ritardissimo e se non corro, la Armandi e la Molinari mi ammazzano.

***

Irene saluta Carlotta e si siede di schianto sulla sedia di fronte a lei.

– Poveretto!

– Sì, che peccato! Oltretutto, se ha un pregio, è quello di essere proprio carino; conciato così, invece, rende molto meno.

– Carlotta! Non ti smentisci mai, eh?

– Perché dovrei, scusa? Non ho ragione a dire che è carino e che vederlo tutti i giorni di prima mattina è il motivo principale per cui me lo sono lasciata appioppare da te e dalle tue manie buoniste?

Irene in realtà sa benissimo che Carlotta non gli lascerebbe mai portare a spasso i suoi cani se non si sentisse più che sicura. Il fatto che Irene sia affezionata a Lennon e ne abbia fiducia è una garanzia, per l'amica.
Ma Carlotta è fatta così, non ammetterebbe mai sentimenti quali riconoscenza o generosità, ben decisa com'è a tenere sempre salda quella corazza di grinta e determinazione che si è cucita addosso.
Irene la conosce dai tempi del Liceo, le vuole bene e l'ammira anche per questa sua capacità, ma mai e poi mai cambierebbe la sua vita con quella dell'amica.
Alla fine del Liceo, Irene, che già da bambina considerava che sventrare peluches, simulando complicate operazioni chirurgiche, fosse il più divertente dei giochi, si era iscritta senza alcuna esitazione a Veterinaria e si era sposata appena finita l'Università. Adesso che ha trentasette anni si barcamena tra lo studio in via Bava 5, di cui sta ancora pagando il mutuo, e in cui coltiva una piccola ma affezionata clientela, e una casa un po' fuori Torino, molto amata, piuttosto antica e un po' scalcinata, che condivide con il marito («il Martire», lo chiama lei), due figli di nove e undici anni perennemente attorniati da un indeterminato numero di coetanei, quattro cani, due gatti e roditori di varia natura. La sua vita è un caos non troppo organizzato in cui lei sembra saltare da un'emergenza all'altra con apparente *nonchalance* e la risata sempre pronta.
Carlotta, invece, alla fine del Liceo si era iscritta alla «Bocconi», ne era uscita con una laurea a pieni voti, lode e dignità di stampa; attualmente figura tra i soci fondatori dello studio dei commercialisti Calandri, Nascimbeni, Halmann & Partners, con sede a Torino, Milano e Londra. Il lavoro occupa tutto il suo tempo, a parte il piccolo spazio che concede a quello che definisce l'amore della sua vita, ossia l'uomo che da anni le racconta la solita favoletta: «Non ho il coraggio di lasciare mia moglie... mio figlio è troppo piccolo... ma la prossima settimana ti prometto che le parlo e le chiedo la separazione». Carlotta fa

finta di crederci e ci soffre per davvero, con profuse lacrime che Irene asciuga paziente.
– E come sta il Martire? – chiede Carlotta, posando la tazza del suo secondo caffè.
– Benissimo, ieri sera però sembrava matto, ha avuto una crisi di nervi.
– Cosa gli avete fatto, povero santo? Quale strana bestia gli avete propinato?
– Ma niente, figurati che bestia! Anna ha detto che le sarebbe piaciuto prendere una cavia per tenere compagnia al coniglio e lui ha dato di matto, neanche fosse un elefante...
– E lo capisco tanto! Ma ti rendi conto di cosa deve sopportare? Già ci sei tu, adesso ci si mettono anche i figli! Non è più una casa, è uno zoo! A proposito, ci hai mai pensato? Potresti assumere il tuo protetto a tempo pieno. Così ti incasineresti un po' meno la vita.
– A parte che non potrei permettermelo, non so se il Martire sarebbe tanto contento se lo assumessi, quando non possiamo permetterci neanche una domestica a tempo pieno. E Lennon non accetterebbe mai un lavoro fisso in un posto fisso, lo sai anche tu.
Lennon è, per natura e per sua stessa definizione, un cane randagio: uno di quei cani che sono il tormento dei loro padroni perché, per quanto possano trovarsi bene in un posto, presto o tardi scappano, per poi magari fermarsi, apparentemente senza motivo, da un'altra parte. Lennon non è un cane, ovviamente; è un ragazzo ungherese che in realtà si chiama György Szilágyi, ma ha esattamente quel carattere lì.
A diciott'anni appena compiuti, ha salutato sua madre e suo nonno, ha preso la chitarra in spalla e, coi suoi molti sogni in testa e pochi soldi in tasca, è partito. Ha girato un po' senza mèta per l'Europa e dopo qualche mese è approdato a Torino, in piazza Vittorio Veneto, dove ha posato la custodia a terra, imbracciato la sua chitarra e si è messo a suonare. Perché abbia scelto proprio quel posto, non lo sa nessuno con certezza, sta di

fatto che da quel giorno sono passati otto anni e ancora non è ripartito.
Oltre a essere un musicista di strada, fa il dog-sitter, proprio grazie a Irene, che si ricorda come se fosse ieri quel giorno di sei anni fa in cui le era venuta l'idea: per due giorni doveva tenere un Beagle in osservazione nel suo studio veterinario e aveva chiesto aiuto a Lennon per portarlo fuori. Aveva notato subito che Lennon amava i cani e soprattutto che lui piaceva ai cani, così gli aveva chiesto se fosse stato eventualmente disponibile a fare il dog-sitter per alcuni suoi clienti. Stranamente lui aveva accettato, entusiasta dell'idea. In tanti nel quartiere, prima di allora, avevano cercato di aiutare quel ragazzo, che colpisce per il sorriso aperto e per quello sguardo verde e acuto dietro gli occhiali tondi che gli sono valsi il soprannome, offrendogli svariati lavori. Lennon, però, aveva sempre preferito la sua chitarra e la sua strada, rifiutando cortesemente le offerte.

***

Mentre Irene e Carlotta prendono il loro caffè punzecchiandosi come sempre, Lennon si dirige verso via Napione. Al numero 6 c'è un bel palazzo d'epoca a tre piani, di quel giallo così tipico da chiamarsi «Piemonte», con il tetto in pietra alla francese, affacciato sul lungo Po e sulla verdeggiante collina al di là del fiume; da qualche anno vi si è trasferito un principe romano noto al jet set e da quel momento i residenti della zona hanno preso scherzosamente a chiamare quello stabile «il Principaio». Oltre al principe Rajmondi, che possiede lo sfarzoso appartamento al piano terra con giardino privato che dà sul fiume e non ha cani, ci abitano, al primo piano, l'avvocato Alberto Molinari e sua moglie ed è proprio da loro che Lennon sta correndo, trascinandosi dietro i due Jack Russell.
– Buongiorno, Dory, posso prendere Tea? – chiede all'imperscrutabile domestica filippina.

– Certo, devi! La dottoressa ti ha aspettato un po', poi è uscita. Torni alle undici e mezza, come al solito?
– Sì, certo. Se la senti, chiedi scusa da parte mia alla dottoressa per il ritardo.
Dopo aver calmato il consueto concitato balletto che Joe e Black fanno regolarmente intorno a Tea, una bella e altera Bassotta a pelo ruvido che entrambi corteggiano spudoratamente senza alcun risultato e dopo essere riuscito a districare il conseguente groviglio pericolosamente prodotto dai guinzagli intorno ai suoi polpacci, sale un piano di scale e suona il campanello di fianco alla targa con la sigla G.A.L.
Ad aprirgli viene, come al solito, lei, Gaia Armandi.
– Ciao. Puntuale, vedo. In effetti, impegnato come sei, non si può certo chiederti anche di arrivare in orario.
– Buongiorno – risponde Lennon abbassando gli occhi.
È sempre intimidito, di fronte a lei, non solo perché è la «famosa» – e splendida – Gaia Armandi, che conoscono tutti, non foss'altro perché conduce *Nel mirino*, il nuovo programma di attualità prodotto in via Verdi che, da un anno a questa parte, fa altissimi ascolti ogni giovedì sera su Rai Tre. A intimidirlo è soprattutto il suo atteggiamento, la capacità che ha di farlo sempre sentire inadeguato di fronte a lei e di deridere il suo imbarazzo.
– Mi scusi.
Non spiega il motivo del ritardo e Gaia non dà l'impressione né di chiederselo né di accorgersi delle condizioni della sua faccia.
– Pazienza, dài, su, non arrossire come un bambinetto per così poco! Ludwig, è arrivato il tuo amico. Vieni!
Dal corridoio arriva scodinzolando un enorme Riesenschnauzer, decisamente fuori taglia, che si siede vicino alla *consolle* guardando la sua padrona.
– Ciao Ludwig, ci vediamo più tardi, divertiti! – dice Gaia accarezzandolo e agganciando al collare di cuoio del cane il guinzaglio coordinato in pelle e acciaio.
Gaia cambia voce e modi quando parla con il suo cane, abban-

dona quell'atteggiamento strafottente. Non è la prima volta che Lennon lo nota e questo fatto lo incuriosisce, così come la «L.» aggiunta, in onore del cane, alle sue iniziali sul citofono e sulla porta.
Ludwig si merita tutto questo, pensa Lennon, incarna il prototipo del cane, sicuro di sé, intelligente ed equilibrato, non lo si può certo trattare come un pupazzo da salotto, ma se gli dimostri di rispettarlo è capace a sua volta di ripagarti con incondizionato affetto.
– Andiamo Ludwig – Lennon dà un buffetto sul fianco del gigante nero, che nel frattempo sta già flirtando con Tea. La Bassotta, dal canto suo, mostra di apprezzare molto di più la sua corte discreta e compassata rispetto a quella scalmanata dei due frenetici Jack Russell.
Scende i pochi gradini che da via Artisti portano sul lungo Po Machiavelli, dove quasi sempre si ferma a far giocare i cani. È una lunga passeggiata pedonale che costeggia il fiume, protetta dalla strada e dal traffico da un alto muraglione. È quasi sempre tranquilla, ogni tanto si incontra qualche passante, ma lì Lennon si sente sicuro e può lasciare liberi i cani, farli giocare con la palla e fare con loro qualche esercizio di obbedienza, come gli ha insegnato Irene. Ci sa fare, i cani mostrano di rispettarlo, di ubbidire e di divertirsi e anche lui si diverte con loro, quasi come quando suona la sua chitarra.

***

Il commissario capo Guido Geraci entra nel suo ufficio in via Verdi dove l'ispettore Laganà lo sta aspettando al varco già da un po'. Non gli lascia neanche il tempo di posare il cappotto, lo assale subito con un problema legato a una banale ma complicata questione di ricettazione, in cui però la vittima del furto è un conoscente del Pubblico Ministero incaricato, dottor Cannellini, che di conseguenza preme perché la questione venga risolta in fretta.

Geraci si siede alla sua scrivania, dà uno sguardo sconsolato al mucchio di scartoffie da evadere, denunce, ordini di servizio da decidere, lamentele sindacali varie e si accinge a chiamare il P. M., armato di tutta la pazienza di cui dispone, sempre meno per la verità. Il magistrato, però, è occupato in questo momento, lo pregano di richiamare più tardi. La settimana comincia bene, pensa, sbuffando e allontanando il telefono con un gesto infastidito.
Dà un'occhiata alla fotografia di Costanza, sua moglie, che spunta tra le carte; è una vecchia foto e ritrae una ragazza forse non bellissima, ma dotata di un sorriso così limpido e aperto da risultare contagioso. Le sorride, infatti, con una punta di malinconia, poi sospira e si accinge a smaltire almeno gli ordini di servizio.
«Chi l'avrebbe immaginato – riflette – quando ho iniziato, convinto di salvare il mondo dalle sue brutture, che avrei passato le mie giornate a far 'sta roba. Sempre la stessa storia: tutti che litigano per far servizio allo stadio, ma se gli dici di fare il turno la domenica mattina, improvvisamente salta fuori il figlio piccolo o il genitore anziano che non possono lasciar da solo».
– Laganà, ho cercato Cannellini, ma non è disponibile. Riprovo dopo. Qui c'è l'ordine di servizio, vedi che non rompano, perché non cambio niente.
– Va bene, capo, ci penso io, tranquillo.
– Sì, tranquillo! Ne ho già fin qui adesso! Anzi, guarda, esco a fumarmi una sigaretta.
– Sì, capo. Se telefona Cannellini dico di chiamarla sul cellulare?
– Bravo, fai così.
Laganà lo guarda uscire, il capo è proprio in crisi, pensa. A lui invece il suo lavoro continua a piacere, e tanto, nonostante le noie. Peccato, perché anche il commissario l'ha sempre amato e anzi, era sempre paterno con gli agenti e attento alle loro necessità. Da qualche mese, invece, sembra che non ne abbia più voglia, tutto lo innervosisce e lo annoia. Laganà cerca di

sollevarlo come può, ma più di tanto non riesce.
Scrolla le spalle e va a distribuire l'ordine di pattuglia, magari invertirà i turni di Ciccio e Beppe; Ciccio ha il bambino piccolo e la moglie che scalpita, Beppe invece è solo fidanzato, meglio che la faccia lui la domenica mattina e abbia libero il sabato sera. Avvertirà il commissario a cose fatte, così almeno non dovrà sorbirsi lamentele.

***

Al secondo piano di piazza Vittorio Veneto 21 c'è il sontuoso studio del dottor Ernesto Biasutti. Attraverso un'asettica entrata dalle pareti bianche, su cui spiccano due combustioni di Burri e il bancone in pietra dell'Etna, dietro il quale una bionda segretaria sfodera sorrisi e voce angelica, si accede ad altre quattro stanze: la sala d'aspetto, altrettanto bianca, ma arredata con una *boiserie* in ciliegio mielato, comodi divani in pelle e tavolini in pietra lavica, una porta con il segnale di pericolo che nasconde una camera piena di sofisticate apparecchiature radiologiche, il profumatissimo bagno, sempre in pietra lavica, e lo studio vero e proprio del dottore, con annessa infermiera dall'aspetto teutonico. Tutto ciò si deve all'architetto Cordara, molto in voga nella cosiddetta «Torino bene» e alla moglie del dottore, che ha finanziato la costosa ristrutturazione nella speranza che il marito venga riconosciuto come il dentista da cui si deve andare se si fa parte della suddetta categoria. Lei, che ne è una nota esponente, sa bene come funziona a Torino: si abita in quei quartieri, non in altri; si va in montagna e al mare in quei posti, non in altri; si mandano i figli in quelle scuole, non in altre; si va da quell'avvocato, da quell'architetto, da quel medico, da (spera) quel dentista, non da altri.
Lennon guarda l'orologio salendo le scale, è in anticipo di un quarto d'ora. Riconosce l'inconfondibile profumo di Gaia Armandi appena varcata la soglia dello studio.
La segretaria lo accoglie con uno dei suoi poderosi sorrisi.

– Buongiorno. Posso esserle utile?
– Buongiorno, il dottor Biasutti mi ha detto di venire a mezzogiorno. Sono György Szilágyi.
– Scusi? Il dottore a mezzogiorno mi ha avvisato di un altro appuntamento, forse c'è un errore.
– Lennon.
– Sì, esatto, il signor Lennon.
– Sono io, è il mio soprannome.
– Capisco. Si accomodi in camera d'aspetto, il dottore la riceverà tra poco.
Anche la voce di Gaia Armandi è inconfondibile e non appena la porta dello studio si apre, la sente ridere di gusto mentre si dirige verso l'uscita insieme al dottor Biasutti:
– Ah, ho notato le nuove tende, sotto, molto di buon gusto, le avete prese da «Côté de la Mer» a Santa Margherita, vero? Le ho anch'io molto simili.
– Non so di cosa parli – le risponde gelido il dottore.
– Stai a ffà 'r vago? – ammicca ridendo Gaia – Va beh, comunque avvisami quando c'è un altro convegno, combiniamo magari un aperitivo da me.
– Dubito che ci sarà occasione, ma grazie comunque.
– Che peccato! Se cambi idea... Non c'è niente di male a evadere un po' dal grigiore quotidiano, ogni tanto! Ciao Biasutti, grazie, devo tornare?
– No, abbiamo finito, questo era l'ultimo controllo. Ciao, Gaia.
– Allora ciao e mi raccomando, comportati bene! – sono le ultime parole che pronuncia, mentre il dottore richiude la porta.
Il dottor Biasutti riceve Lennon, lo visita, gli fa una radiografia panoramica e conferma la diagnosi: nevralgia del trigemino, dovuta a una carie profonda.
– Non posso intervenire, finché non è passata l'infiammazione. Prendi gli antidolorifici e gli antibiotici che ti ho prescritto stamattina, uno al mattino e uno alla sera. Ti scrivo anche del Betametasone, 1 mg, una compressa per tre giorni. Poi torna da me.

Per tutto il tempo, nota Lennon, non ha mai ripreso colore, è rimasto rigido e grigio.
Gaia Armandi ha proprio il potere di mettere tutti a disagio, chissà perché.

***

– Ma smettila! – ride Alberto Molinari al cellulare, mentre si aggiusta il nodo della cravatta – Te l'ho già detto, devo fare un po' il galletto, ma solo per tenerla buona e cucirle la bocca. Cosa vuoi che me ne freghi di quella romanaccia piena di boria!
– Sarà anche piena di boria, però è figa.
– Non come te – l'avvocato lo dice in tono serio, abbassando la voce in una nota calda. – Lo sai, no?
– Sì. Ma non mi piace lo stesso. Parlale dell'affare, ma lascia perdere il resto.
– Mi piaci quando fai la gelosa...
– Non glissare!
– Amore, siamo seri. Ti rendi conto di cosa c'è in ballo? Se lo tira fuori, siamo finiti entrambi! Lo faccio anche per te, lo sai vero? – Molinari spegne il computer portatile e lo chiude con un moto di insofferenza.
– Per me??? Ma io cosa c'entro? Se non mi mettevi di mezzo tu, non ne sapevo niente!
– Sarà, ma adesso ci sei dentro. E non mi pare ti dispiaccia poi tanto. – Il tono dell'avvocato si fa aspro: – Puoi sempre tirarti indietro, se ti dà tanto fastidio e porre la questione in consiglio.
– Non prenderla subito così! Lo sai che non lo farei.
– Sì che lo so – dice con tono di nuovo mellifluo.
– Però... Non farlo troppo, il galletto.
– Solo il minimo indispensabile, te lo prometto. – Abbassa di nuovo la voce, ironico e promettente: – Il resto del mio fascino lo conservo intatto per domani sera...
– Cretino! – Carlotta chiude la telefonata senza aspettare risposta, ridendo. Solo la ruga di preoccupazione e disappunto

tra occhi e naso, che non accenna a distendersi, tradisce il suo stato d'animo.
Molinari infila il cellulare nel taschino con uno sbuffo seccato, apre il cassetto della scrivania, ne estrae una boccetta di *Silver Mountain* di Creed e se ne tampona due minuscole gocce ai lati del collo, subito sotto l'ansa lievemente squadrata della mascella. Esce dal suo ufficio dopo aver soffiato un bacio in punta di dita con gesto tanto teatrale quanto evocativo alla giovane segretaria dai capelli infuocati e salta sulla sua rombante BMW, fischiettando soddisfatto.

2. Martedì, 21 febbraio 2012

– Di', ma l'hai visto? Che bel cappottino sobrio sfoggia, oggi! – dice Irene, ridacchiando e dando di gomito a Carlotta. Si riferisce al dottor Biasutti, che sta entrando al Bar Blu con la moglie. Il martedì mattina, Biasutti fa sempre colazione con sua moglie, che poi va nella vicina chiesa dell'Annunziata per la riunione delle catechiste.
– Elegantissimo! Un autentico cappotto di Casentino arancio, come quelli che usavano le signore negli anni Settanta. Sono tornati di gran moda, adesso, ma per gli uomini.
– Be', capisco che lo usassero le signore, non è propriamente la cosa più maschile che abbia visto. Biasutti può permetterselo, ha un bel fisico e sa portare bene le stravaganze, però insomma...
– Certo che fa ridere conciato così, con quella scopa secca della moglie a fianco! Chissà quella come si vergogna!
– Ma figurati, se l'è scelto lei così, no?
– Mah, magari all'inizio si conteneva un po'. Se no, non se lo sarebbe sposato, figurati, si spaventa al solo pensiero di mettersi addosso qualcosa di diverso dal tortora e dal sabbia!
– Ma dài, poverina, è anche carina...
– Carina un accidente! Sembra una strega travestita da brava bambina. Coi suoi capellini biondi, tutti uno *chatouche*, i suoi occhietti azzurri e quella bocca a culo di gallina, hai mai notato come lo tratta, poveretto? Che poi lui sarà un po' modaiolo e affettato, d'accordo, ma è proprio una persona a posto. Sempre sorridente e gentile con tutti. Lei, invece, quando ha finito di pregare all'Ordine di Malta o di insegnare catechismo, tira fuori una lingua bifida che fa paura.
– Eh, magari sarà un po' inacidita, poveretta, che ne sappiamo? Poi cosa c'entra che sia bionda? Non sono mica tutte uguali no?

Solo perché assomiglia un po' alla moglie dello stronzo, non è un buon motivo per incattivirsi tanto! – Irene non si fa problemi a chiamarlo così e a dire pacificamente a Carlotta cosa ne pensa del suo amico: – A proposito, come sta? Non mi hai più dato notizie.
– Guarda, lascia perdere, è sempre la solita storia. Anche stasera, mi aveva promesso che ci saremmo visti, doveva venire a mangiare da me, poi figurati, la moglie ha combinato di andare all'inaugurazione alla Fondazione Sandretto e lui corre come un cagnolino. Sono diventata una furia, quando me l'ha detto. E comunque, riguardo alla cara Consolata Biasutti Salmeris di Celle e di quel che c'è ancora, fidati, la conosco, è una vipera.
– E cosa ti ha promesso stavolta, lo stronzo, per calmarti?
– Niente, ha detto che viene da me domani a mezzogiorno.
– E tu lo lasci venire, ovviamente.
– E cosa posso farci? Oltretutto non è solo per vederlo, dobbiamo parlare anche di una questione delicata, di lavoro. Mi sono presa due ore apposta.
– Dovresti dargli il calcione che si merita, una volta per tutte! E trovarti qualcuno che ti tratti come si deve. La questione di lavoro si può risolvere in ufficio, no?
– Ma non ne voglio un altro, voglio lui. Devo solo aver pazienza per un po', finché Filippo non sia un po' più grande, poi tutto si risolverà. – Carlotta fa un movimento con le spalle che vorrebbe essere noncurante, ma tradisce nervosismo – Tanto per ora non avrei né voglia né tempo di avere un fidanzato a tempo pieno. E la questione di lavoro, no, è riservata, meglio se ne parliamo a quattrocchi.
Vengono interrotte bruscamente nelle loro chiacchiere da Joe e Black che improvvisamente si precipitano verso l'entrata piagnucolando.
– Ehi, cosa vi prende? Ah, è arrivato il vostro tato!
– Ciao, ragazzi, sì sì, anch'io sono contento di vedervi! – sorride Lennon, cercando di contenere l'assalto di benvenuto.

– Buongiorno, dottoressa; ciao, Irene.
– Ciao, Lennon, vedo che oggi va decisamente meglio: ieri non ti si poteva guardare!
– Sì, grazie dottoressa, oggi molto meglio. È stato gentile il dottor Biasutti. – Poi, rivolto a Joe e Black: – Dài, venite, che andiamo a prendere la vostra fidanzata, forza ragazzi! Arrivederci!
Carlotta strizza l'occhio a Irene, che non perde l'occasione di puntualizzare ironica:
– Magari, se la bella Tea si fidanza con uno dei tuoi due, lo stronzo si commuove, sorvola sull'età di Filippo, lascia la moglie e vivrete per sempre felici e contenti...
– Può essere una tattica. Ne parlerò con Joe e Black, vediamo se si può attuare! Ciao, scappo, oggi giornata pienissima!
– Ciao, se non ci scriviamo, domattina qui come al solito, se hai problemi avvisami.

***

Lennon attraversa la piazza fischiettando, è di buon umore, stasera ha le prove in sala registrazione per incidere il suo primo CD e il pensiero lo elettrizza. L'aria fredda gli punge la pelle, ma si sente già l'odore della primavera, pensa. Non se lo sa spiegare, non è un odore come gli altri, ma sì, lui la primavera la annusa. Il sole sembra giocare con i portici della piazza e con il fiume, un po' più in là: crea ombre, accende i blu e i verdi, fa risaltare la cupola della Gran Madre.
È così intento a guardarla, che quasi non si accorge di Nando, che cammina avanti e indietro fumando.
– Ohi, ciao! ... scusa, avevo il sole negli occhi, non ti vedevo!
– Ciao – risponde secco Nando.
Nando è uno dei più cari amici di Lennon, fin da quando è arrivato a Torino. Fa il portinaio nel palazzo dove ha lo studio il dottor Biasutti e rende onore al detto comune che i portinai sappiano tutto di tutti; anche grazie al fatto che fuma come un

turco (ma rigorosamente fuori di casa), la piazza non ha segreti, per lui. È stato lui, otto anni fa, a indicare a Lennon il punto migliore dove mettersi a suonare, quello in cui avrebbe potuto racimolare più soldi, senza rischiare di incorrere in reclami. È stato sempre lui, tramite un suo amico, a fargli trovare la soffitta in via Vanchiglia, dove tuttora abita e a garantire per lui con i proprietari.
All'inizio Lennon aveva avuto il sospetto che tutte le sue attenzioni e le gentilezze avessero un secondo fine, dal momento che Nando è fieramente gay, né fa mistero di esserlo. Un giorno aveva anche trovato il coraggio di fargli capire che non avrebbe potuto ripagarlo in quel modo. Si ricorda ancora la faccia di Nando, mentre gli rispondeva ridendo, ma non troppo:
– Ma cos'hai capito! Non penserai che io sia una persona così schifosa... A parte che si vede benissimo che sei etero, non sono certo abituato ad adescare ragazzini così.
– Scusami, – gli aveva risposto Lennon, tutto rosso per la vergogna – è che non sono abituato a essere aiutato senza dover dare qualcosa in cambio, allora ho pensato male. Scusami tanto, davvero.
– Lo capisco. Devi avere avuto una vita grama. Ma ti assicuro che io non voglio niente in cambio. Mi fa piacere e basta, perché mi sei simpatico e sei un bravo ragazzo. E poi – aveva aggiunto, gonfiandosi di orgoglio e con gli occhi che brillavano – sono fidanzato, io! Cioè, lui è sposato, quindi tecnicamente forse non è un vero fidanzato, ma a me va bene così.
Col tempo la confidenza era cresciuta insieme alla stima reciproca, ma Nando non aveva mai più raccontato niente di quel lato della sua vita a Lennon, forse per rispetto dell'uomo che tuttora ama tanto visceralmente quanto clandestinamente.
– Che succede? – gli chiede adesso preoccupato Lennon, notando la faccia rossa e gli occhi gonfi, come se avesse pianto tutta la notte.
– Niente.
– Come niente, hai una faccia! Posso far qualcosa?

– E cosa vuoi fare? Non c'è niente da fare. Certa gente è cattiva dentro e basta.
– Ah sì, gente cattiva ce n'è tanta, ma non prendertela, dài...
– Facile dirlo. Ma gliela faccio pagare io, a quella sgualdrina! Sì, sì, vedrai come la paga!
Ha gli occhi iniettati di sangue e le vene del collo gonfie, mentre lo dice. Spegne la sigaretta per terra con rabbia, dev'essere proprio fuori di sé, è una cosa che non fa mai di solito, sempre così attento alla pulizia com'è. Entra nel portone sbattendolo forte, senza salutare e senza dare il tempo a Lennon di farlo.
«Boh – pensa Lennon – avrà litigato con quella del terzo piano, litigano sempre. Certo che stavolta è proprio furioso, speriamo non sia qualcosa di più serio. Però – si dice ritornando ai suoi pensieri e alla sua euforia – un po', Nando, il gusto del teatrale ce l'ha sempre. Non sarà niente di grave, domani gli sarà già passata».

***

Gaia Armandi sta prendendo il caffè, è già il secondo per la verità. Si è svegliata presto, ha fatto una lunga doccia, una lenta prima colazione e si è messa al computer. Ma, agitata e incapace di concentrazione, ha spento tutto bruscamente e ora aspetta Lennon, giochicchiando con un'orecchia di Ludwig, che ha il muso sulle sue gambe. Quando Lennon suona alla porta, non si muove da dov'è. Ad aprire va Antonio, il domestico-autista, che lo accompagna nell'ampio salone. I riflessi di luce sul fiume si proiettano sul soffitto e Gaia, sovrappensiero, li segue distrattamente con gli occhi. È semi-affondata nel sofà; a dispetto dei suoi 44 anni e nonostante indossi un semplice paio di jeans e una dolcevita è bella e provocante come se l'avesse disegnata Milo Manara. Il sole, coi suoi riverberi, gioca anche con i suoi capelli ramati, accendendoli. Ci mette un attimo a mettere a fuoco Lennon, chinato a salutare Ludwig per nascondere l'imbarazzo. Si tira su, ridandosi un contegno. Chiude il libro che teneva in mano, senza leggerlo. Lo posa di fianco a sé, è *Palomar* di Italo Calvino. Legge ad alta voce la frase citata sul retro:

«*La vita di un uomo è un insieme di avvenimenti, di cui l'ultimo potrebbe anche cambiare il senso di tutto l'insieme*».

Lo guarda dritto negli occhi con una strana urgenza e gli chiede:
– Ma in che modo cambia tutto? Fa paura non saperlo, non trovi?
Lennon non ha idea di cosa voglia dire e non ha mai letto Calvino; come al solito l'imbarazzo prende il sopravvento.
– Perché paura? Potrebbe essere una bella sorpresa, invece – le risponde, senza sapere bene cosa dire.
Gaia nel frattempo si è alzata per accompagnarlo alla porta e mettere il guinzaglio a Ludwig: è una specie di rito mattutino, non permette a nessuno di farlo al posto suo. Forse è il suo modo per dire al cane: «Stai tranquillo, puoi andare con lui, mi fido».
Nel passare il guinzaglio a Lennon gli stringe la mano, una stretta forte e sicura, da pari a pari:
– Grazie – gli dice, e gli sorride.
Lennon sente la testa diventare leggera, di colpo: «Gaia Armandi mi ha stretto la mano – pensa – non è possibile. E mi ha detto grazie. E mi ha sorriso. No, non è vero, devo aver sognato».
Riesce a stento a bofonchiare un «Grazie a lei», Gaia lo ferma mentre sta già richiudendo la porta:
– Ah, senti, oggi pomeriggio non lavoro, mi occuperò io di Ludwig. Ci vediamo domani mattina alla solita ora.
– Va bene, certo, domattina.
Lennon scende le scale trasognato, trascinato avanti dai cani, continua a guardarsi la mano e a sorridere imbambolato.
Non c'è niente da fare, Gaia può essere arrogante e indisponente quanto vuole, ma chiunque abbia a che fare con lei, prima o poi, cade nella rete del suo fascino.

Lennon riesce a darsi un contegno prima di suonare il campa-

nello di casa Molinari. In casa c'è ancora l'avvocato, la moglie invece è già uscita, ha accompagnato a scuola il figlio, Filippo, prima di correre in ufficio dove la aspetta un rogito urgente.
L'avvocato è un bell'uomo ma ha qualcosa di sfuggente che non piace a Lennon, un modo di fare sempre fin troppo cortese in cui percepisce una nota viscida e subdola.
In questo momento si sta infilando il cappotto e dà un'ultima occhiata compiaciuta alla sua immagine riflessa nel grande specchio in entrata:
– Ciao, Lennon, come stai?
– Bene, grazie, avvocato.
– Stasera puoi passare a portare fuori Tea? Noi siamo fuori, faremo tardi, ci farebbe comodo.
– Sì, avvocato, posso, ma verso le nove, non più tardi, perché poi ho un impegno.
– Va benissimo, tanto le fai fare solo un giro veloce. Ma che impegno hai dopo? Devi suonare da qualche parte?
– No, avvocato, – Lennon tentenna un secondo, poi confessa orgoglioso – devo provare, proprio qui vicino, perché vorrei incidere il mio primo CD.
– Bello, complimenti! Se hai bisogno di aiuto con i diritti, con la parte legale, dimmelo. Ti do una mano volentieri.
– Grazie, avvocato, per ora sono solo prove, ma se riesco, le chiederò sicuramente consiglio.
– Benissimo, allora auguri per le prove. Scappo, se no faccio tardi.
Si mette a posto brevemente il ciuffo, saluta genericamente ed esce afferrando il casco nero cifrato della sua BMW, mentre Dory affida Tea a Lennon e osserva imperscrutabile le danze di saluto dei cani e dei guinzagli.

***

La passeggiata pomeridiana con i cani Lennon la fa sempre verso le quattro ed è un po' più breve di quella del mattino,

specie in inverno. Oggi deve andare a prendere anche Ettore, che è il cane di Costanza e del commissario Geraci. Ha appuntamento con Costanza, nel suo negozio in via Maria Vittoria alle quattro in punto: lei deve andare a fare un sopralluogo in una villa, vogliono venderle l'intero arredo.
Passando davanti al Bar Blu viene fermato dal dottor Biasutti, che gli chiede notizie del suo mal di denti:
– Vedo che il gonfiore si sta riassorbendo, bene – commenta dopo aver spostato una ciocca che nascondeva la guancia. – Certo che potresti anche tagliarteli, i capelli, ogni tanto! – scherza.
– Senti, tra le altre, mi dispiace per stamattina, non sono riuscito a offrirti il caffè.
Lennon sa quanto pesi al dottore il martedì mattina e di solito fa in modo di non incontrarlo, ma stamattina non ci è riuscito. C'è un tacito accordo tra loro, quando c'è la moglie nei paraggi, fanno finta di non conoscersi, è del tutto evidente che lei non apprezzerebbe la confidenza che il marito riserva a un musicista di strada capellone e Lennon non vuole certo metterlo in imbarazzo.
– Non si preoccupi, dottore, con tutto quello che fa per me... Anzi, volevo dirle che ci tengo a pagare il lavoro che mi farà al dente. Magari a rate, se non le dispiace, ma voglio farlo.
– Va bene, Lennon, grazie, ci mettiamo poi d'accordo – risponde il dottore, pensando che gli chiederà una piccolissima somma, per non offendere la sensibilità del ragazzo.
Mentre parla con il dottore, Lennon osserva due passanti di fianco all'edicola, all'angolo opposto di via Bonafous. Sono due ragazzi in jeans e giubbotto: uno, alto e magro, sta cercando un giornale, l'altro, più tarchiato, sta trafficando con il cellulare, appoggiato a una colonna.
Lennon sa benissimo che non sono due passanti, sono agenti in borghese; grazie alla vita di strada, ha imparato a individuarli con uno sguardo e questi due in particolare li conosce personalmente. Gli hanno fatto parecchi controlli all'inizio, probabilmente

cercavano di capire se suonare la chitarra non fosse una scusa che nascondeva altre attività, prima fra tutte lo spaccio. Il commissario Geraci, che è a capo del Commissariato di via Verdi e tecnicamente non è Commissario, ma Primo Dirigente, anche se tutti lo conoscono come «il Commissario», fa una guerra feroce agli spacciatori. È il suo punto d'onore. Quando gli agenti hanno capito che Lennon era a posto, infatti, l'hanno poi lasciato in pace. In più, da quando è il dog-sitter di Ettore, ha conosciuto bene anche il commissario Geraci, che si fida di lui e gli agenti probabilmente lo sanno perché quando si incontrano gli fanno sempre un cenno di saluto.

Cosa staranno facendo di nuovo qui? Si domanda Lennon mentre saluta il dottor Biasutti e svolta, con tutti i cani, in via Bonafous. È un po' che nota un andirivieni di agenti in borghese in quel tratto della piazza.

Si accorge a tempo che dalla libreria poco più avanti sta uscendo il principe Rajmondi. Dev'essere molto amico di Jole Sandrelli, la proprietaria della libreria, anche se proprio non si capisce cos'abbiano in comune. Jole è una donnina minuta e mansueta, resa lievemente claudicante da una lussazione dell'anca risalente all'età infantile e mai ben curata. È la tipica *madamin* torinese, sfoggia, quasi fossero una divisa, innumerevoli camicine, tutte identiche fra loro, con il colletto tondo e golfini d'angora, sovente sui toni del rosa, completati dall'immancabile giro di perle, ereditato dalla mamma. Ha una cura maniacale della sua libreria, che è composta di un'unica stanza soppalcata, interamente in legno scuro e foderata dal pavimento al soffitto di libri. La scala che conduce al soppalco è piena di vasi e vasetti di varia foggia contenenti ogni sorta di erbe aromatiche, l'altra passione di Jole, oltre a quella per i libri.

Cosa ci faccia in un posto del genere un principe romano tronfio ed elegante, Lennon non riesce proprio a capirlo, eppure non è certo la prima volta che lo incrocia in libreria, intento a parlare fitto fitto con Jole.

Lennon attraversa rapido la strada, cercando di evitare l'in-

contro. Non che abbia niente contro il principe, è che i cani proprio non lo sopportano, specie Joe e Tea, avrebbero una gran voglia di addentargli un polpaccio. Il Principe, dalla sua, non è che faccia molto per star simpatico ai cani; al contrario, ogni volta che si incontrano, si mette a gridare col suo vocione baritonale:
– Ehi tu, giovanotto, stai lontano da me con quelle bestiacce! Possibile che tu sia un dog-sitter e non riesca a tenerli a bada?
Sarà che il Principe ha un gatto e Joe e Tea, che detestano i gatti, ne sentono l'odore sui suoi vestiti, ma in effetti, trattenerli diventa difficile, perché perdono letteralmente la testa.
In ogni caso, per questa volta la rissa viene evitata, il Principe si ferma sulla porta un attimo di più e Lennon riesce a portar via i cani sull'altro marciapiede con un sospiro di sollievo.

***

Costanza Geraci è già in negozio, in attesa di Lennon. Si guarda intorno, medita che sarebbe ora di fare una bella pulizia, avere il coraggio di buttar via buona parte dei soprammobili e di vari gingilli inutili, che ormai non hanno più nessun valore commerciale e danno all'insieme un aspetto tremendamente stantio. Dovrebbe ridipingere le pareti e rivedere tutta la sistemazione, mettere in luce i pezzi di maggior pregio e trovare il modo di rendere più appetibili gli altri. In realtà sa bene che non farà nulla neanche stavolta, non ne ha più voglia e non ne vale la pena. L'Antiquariato è morto e sepolto e non sembra avere intenzione di risorgere. Che peccato, quel negozio e quel mondo hanno riempito di entusiasmo vent'anni della sua vita; la gara all'ultimo sangue con i colleghi per accaparrarsi i pezzi migliori e i clienti migliori, le esposizioni, in Italia e all'estero, arredare le case dei clienti, che si fidavano del suo gusto, gestire le collezioni. C'è da dire che era proprio brava nel suo lavoro.
È triste sapere che è tutto finito, da anni ormai.
Anche oggi, per esempio, andrà dalla contessa de Carolis, cono-

sce la villa, anzi la «vigna», nome storico delle antiche case padronali annesse alle cascine della collina torinese. Sa anche che contiene decine e decine di mobili per cui fino a quindici anni fa i suoi clienti avrebbero pagato qualunque cifra. Dovrà andare a spiegare alla Contessa che adesso non si vendono più; non è che si vendono a poco, non lo dice per tirar giù il prezzo, è che proprio non li vuole più nessuno e lei non li può comprare, non può riempirsi il negozio, che è piccolo. Finirà per acquistare lo stesso qualcosa, al giusto valore, pur sapendo di andare in perdita; le fa pena l'anziana Contessa, che si ostina a vivere il fantasma di una vita e di un mondo che non esistono più ed è costretta, per farlo, a veder andare via tutto quello che la storia le aveva lasciato in eredità, un pezzetto per volta.
Le suona il cellulare, è Guido, suo marito.
– Ciao, come va?
– Bene, un po' triste, forse, e tu?
– Io bene, incasinato, come al solito. Perché triste?
– Devo andare dalla de Carolis, mi mette una malinconia addosso... Sto aspettando Lennon per Ettore. A proposito, ti avrei chiamato, io non so che ora faccio, non so se torno in negozio, do a Lennon le chiavi di casa di riserva, così Ettore lo porta lì, va bene? Tu torni presto?
– No. Mi spiace. Ti ho chiamato per questo. Sono di turno, stasera, mi ero dimenticato di avvisarti. Scusami.
– Di turno?
Costanza ha sempre avuto un carattere calmo e pratico, ma da un po' di tempo, proprio non ce la fa più. Tutta questa storia che il marito sia sempre di turno e sempre impegnato in indagini delicatissime le suona male.
– Di turno? – ripete. Poi, pungente: – Con chi?
– Con chi? Ma non lo so, cosa vuoi insinuare, di nuovo, adesso?
– Io? Niente. Figurati. Chiedevo solo.
Il commissario è innervosito dalla domanda, cerca il litigio:
– Chiedevi solo, come al solito... Vuoi fare altre insinuazioni? Una scenata di gelosia potrebbe starci, no?

– Se ci tieni, posso provvedere. Non ci metto niente, indizi me ne hai dati tanti!
– Tu sei matta, te l'ho già detto.
– Matta?
A questo punto Costanza perde le staffe davvero:
– Matta io eh? Mi sa che sei ammattito tu piuttosto! Sparisci, non ti fai trovare, non rispondi al telefono, trovi scuse sempre più incredibili, non mi sembra difficile fare due più due!
– Che per te fa sempre cinque, infatti. Un genio della matematica! – ride male, Guido, ancora furioso, poi sta zitto un attimo e riprende, rabbonito:
– Te l'ho già detto, Costanza. Non so cosa ti sei messa in testa, ma non c'è niente e nessuno. C'è solo il lavoro. Troppo. Sono stanco. Stufo. Non ce la faccio più. Stasera sono di turno, chiama in ufficio se vuoi, chiedi a Laganà o chiedi a chi vuoi.
– Va bene, stasera sarai di turno davvero. Ma non sei più tu. Da mesi. E anch'io sono stanca e sono stufa e ho problemi di lavoro, cosa credi, ma non mi comporto certo come te. – Sta' zitta un attimo, poi riprende, a voce più bassa e rassegnata: – Tanto a te di come sto io, di come va il mio lavoro e la mia vita, non solo non te ne frega più niente, ma non te ne accorgi neanche più. Siamo due estranei che vivono sotto lo stesso tetto.
– Mi dispiace, Costanza, forse non sono il marito che meritavi. Non ne sono capace. Ma non mettermi in croce per questo. Cerchiamo di star tranquilli e ritrovare un po' di serenità, se riusciamo. Dobbiamo essere in due però; se continui a far scenate, non aiuta. Mi sento in prigione, mi manca l'aria, non è più vita, così.
– Ah ecco, certo, come al solito è ancora colpa mia. Va beh, basta, è inutile, tanto non ci capiamo. – Sta per salutare, poi ci ripensa e non rinuncia alla punzecchiata finale: – Divertiti, al tuo turno, stasera.
Mette giù senza aspettare risposta, infila brusca il telefono nella borsa e rimane seduta sulla sedia, immobile, fissando un punto qualunque. Quando Lennon entra ha ancora le guance infuocate e la voce affannata.

– Buongiorno Costanza, tutto bene?
– Sì. No. Insomma.
– Lo vedo, sei tutta rossa, non ti sarai messa come al solito a trascinare mobili da sola!
– No no, stai tranquillo, lo sai che ormai ho imparato e chiamo te per aiutarmi. Non è niente, solo che devo andare dalla de Carolis e mi agita un po' l'idea.
– Ah va bene, ma dài, sei brava tu, farai affari d'oro!
– Sì, figurati, affari d'oro... – fa un respiro lungo, poi non si tiene: – Non è vero, sai? Non è solo quello. Il fatto è che sono preoccupata per Guido.
– Preoccupata per il commissario? Perché? Cos'è successo? – Lennon si allarma subito, ha una venerazione per il commissario, ha paura gli sia capitato qualcosa.
– Niente, almeno che io sappia. Ma è così strano, ultimamente, sempre sfuggente, nervoso. Non è più lui, non lo riconosco più. Voi siete in confidenza, non hai notato niente di strano, tu?
– Ma no, non mi sembra. È molto impegnato, ho notato anch'io che è più nervoso, prima scherzava e rideva di più, invece adesso è sempre serio, ma non credo sia niente di grave, saranno grane di lavoro. Poi non so, in effetti ultimamente lo vedo e lo sento di meno.
– Sì, può darsi, hai ragione. – Ma non ha l'aria convinta: – Grazie, comunque. Senti, ti spiace riportare Ettore a casa, invece che qui, dopo la passeggiata? Tieni le chiavi, così sono più tranquilla, perché non so a che ora finisco.
– Certo, va benissimo. Se non ci vediamo, magari passo a salutarti domani.
Lennon prende Ettore e si avvia, ride fra sé guardando l'espressione mesta di Joe e Black; Tea non ha occhi che per il suo amico dongiovanni convinto di essere un Bassotto, anche se in realtà è un meticcio biondo e spinoso, che del bassotto ha solo le dimensioni, l'intelligenza e il tipico complesso di superiorità sul resto del mondo.

– Allora, immigrato, dove andiamo a giocare oggi? – chiede Lennon al cane. Lo chiama sovente così, scherzando sulla sua origine spagnola. Ettore è stato salvato da una *perrera*, dove era condannato a morte, da Costanza, che da quando ha più tempo libero, si dedica anima e corpo al salvataggio di cani sfortunati.

***

Quando quella sera Lennon esce di casa, chitarra in spalla, poco prima delle nove, dell'atmosfera quasi primaverile non c'è più traccia. È calato un freddo umido, di quelli che entrano nelle ossa e il cielo coperto non lascia intravedere neanche una stella. Cammina svelto, con la testa bassa per ripararsi dall'aria gelida e si infila nel portone di via Napione 6 rabbrividendo.
Tea sta dormendo placida sul divano, accanto a Filippo che guarda i cartoni, già in pigiama.
– Ciao, Filippo; ciao, Tea! Dài, vieni, andiamo.
– Ciao, Lennon, posso venire con te?
– No, Filippo, adesso tu vai a dormire, è tardi, domani si va a scuola – interviene saggia Dory, ma Filippo non è dello stesso parere.
– Non ci penso neanche, sono grande, io.
– Hai ragione, ormai sei un ragazzino grande, ma non puoi venire con me, sentissi che freddo fa fuori! È meglio se stai qui a guardare i cartoni, credimi. E ascolta Dory, vai a dormire presto, che la scuola è importante.
– Va beh, ciao – Filippo è già di nuovo ipnotizzato dalla televisione e non ha più voglia di parlare, perché Dragonball sta facendo rimbalzare a suon di pugni una specie di grosso marshmallow rosa che parrebbe essere il cattivo.
Visto che per una volta c'è solo lei, Lennon lascia che Tea decida dove andare, naso a terra a seguire odori che le raccontano storie che lui non può sapere. Nonostante il freddo, gli piace passeggiare a caso per le vie del centro deserto. Dal Po è salita la nebbia, si insinua nelle vie, sfoca le rigide geometrie della città.

Cammina immerso nei suoi sogni a occhi aperti di un CD che gli apra la strada a concerti in tutta Italia, trascinato avanti da Tea che segue le sue piste. Qualche macchina passa rompendo il silenzio e i suoi pensieri; si ritrova ad ammirare lo spettacolo di via Po, con le due grandi piazze a definirne i limiti ed i suoi portici, che paiono ancor più aulici in sere come questa, in cui gli abitudinari torinesi sono risucchiati nelle loro case e nelle loro *routines*. È proprio in questi momenti sospesi, quasi magici, che Torino, malgrado il degrado, ritrova la sua antica dignità di austera e sobria capitale. In qualche modo gli ricorda la sua città, Esztergom e le sue nebbie sul quel fiume che trascina a valle tanta più acqua e tanta più storia.
Guarda l'ora e si affretta, deve riportare a casa Tea e andare in sala prove, finalmente è arrivato il momento che aspettava fin dal mattino.
Corre poi giù dalle scale del Principaio e incontra Gaia, che sta uscendo con Ludwig. Quasi tutte le sere, se non ha impegni, Gaia si concede il tempo di una lunga passeggiata ristoratrice con il suo cane.
Si ferma a salutare Ludwig, che gli va incontro contento, tirando il guinzaglio. Gaia gli fa appena un cenno e continua a scrivere concentrata un messaggio sul cellulare.
«Accidenti, poveretta, altro che pomeriggio di vacanza – pensa – non l'ho mai vista tanto stanca e tesa.» Gaia ha la faccia stravolta, con una profonda ruga d'espressione che le solca la fronte.
Poi, sempre di corsa, Lennon svolta in via Artisti e si dirige verso il cancello verde del 38/E.

3. Mercoledì, 22 febbraio 2012. Notte

È mezzanotte e venti, non sente più le dita dal male, ha suonato per quasi tre ore consecutive e le orecchie gli ronzano forte. Lennon esce dal piccolo cancello verde con il suo amico Alessandro, il proprietario della sala d'incisione, che gli ha regalato la serata di prove.
– Andiamo ai Murazzi a bere qualcosa? Offro io.
– Grazie Lennon, no, sono stanco e domani la giornata inizia presto. Un'altra volta volentieri!
– Va bene, allora sono in debito con te di un drink, oltre che per stasera.
– Aggiudicato. La prossima volta offri tu. E quando il tuo CD spopolerà, farai diventare famoso anche lo studio di registrazione! Ho la macchina un po' più su, in via Artisti, facciamo un pezzo di strada insieme?
– No, passo da sotto, vado a farmi una birra davvero, vedo se c'è ancora qualcuno in giro. Tanto lo so che non dormo.
– Ciao allora, alla prossima!
– Ciao, Alex, grazie, sì, alla prossima! Metto a punto le cose che mi hai suggerito e ti chiamo.
Scende le scale canticchiando, l'adrenalina non accenna a diminuire. È andata bene, anche se deve rivedere qualcosa, alcuni pezzi possono funzionare. Bisogna metterci dei soldi, ma è già riuscito a raggranellare una certa somma e conta di farcela in due o tre mesi. Fare il dog-sitter gli rende abbastanza, suonare per strada anche e, in più, ultimamente, fa qualche serata in un locale; nonostante mandi un piccolo aiuto ogni mese a sua madre, riesce quasi sempre a risparmiare qualcosa per il suo progetto.
Affretta il passo, la nebbia è un latte denso che le luci fioche dei radi lampioni non riescono a dissolvere, ma conosce a memoria

la strada che fa ogni giorno con i cani, ogni tanto tasta con la mano il muraglione per capire a che punto è. «Certo che potevo anche passare da sopra», pensa, ma ormai è a metà strada, non vale più la pena di tornare indietro.

Sente un cane abbaiare, anzi, non è un cane qualunque, è Ludwig, ne è sicuro. Ma il suono non viene dall'alto, lo sente vicino a lui.

Lo chiama e il cane abbaia ancora più forte e adesso lo intravede, è proprio lì, poco più avanti.

– Ludwig, cosa ci fai qui? Sei scappato? – dice al cane, andandogli incontro.

Ma non riesce ad avvicinarsi più di tanto, lo Schnauzer non abbaia più, lo vede bene ora, alla luce della torcia sul cellulare, è seduto rigido e teso, trema e ringhia mostrandogli i denti, pronto al balzo, se solo Lennon facesse un altro passo nella sua direzione.

Di fianco a lui, accasciata per terra in una posizione innaturale, giace la sua padrona. La pila del telefono di Lennon le illumina il volto cianotico, ha la bocca aperta in una smorfia grottesca e gli occhi spalancati.

– Mio Dio, Ludwig, cos'è successo? Dottoressa! Gaia! Mi risponda! Ludwig, basta, dài, fammi vedere!

Cerca di calmare il cane, di avvicinarsi, ma è impossibile.

Prende il cellulare, compone il numero del commissario Geraci, che suona a lungo senza risposta. Poi, finalmente, il commissario risponde, affannato:

– Lennon! È successo qualcosa? Come mai mi chiami a quest'ora?

– La prego venga qui!

– Qui dove, cos'è successo?

– La prego, commissario, credo che sia morta! Corra! – Lennon non riesce a pensare, non riesce neanche a parlare, la voce gli trema.

– Morta? Chi? Dove sei?

– Gaia Armandi, commissario. Lungo Po, quasi sotto casa sua. Ludwig sembra pazzo, fa paura, ringhia e non mi lascia avvicinare. La prego, venga qui, mi aiuti!

– Stai calmo Lennon. Cerca di rabbonire il cane, ce la puoi fare. Io chiamo in Questura, ti faccio mandare subito una pattuglia e tra poco arrivo anch'io.
Geraci si zittisce un attimo per radunare le idee e Lennon sente il suo respiro arrivargli leggermente affannoso, forse amplificato dal cellulare. «Mi dispiace – pensa – di sicuro l'ho svegliato». Strano come nei momenti tragici si pensino sempre cose tanto banali.
– Il cane è uno Schnauzer gigante vero? Per sicurezza chiamo il canile, ti faccio mandare d'urgenza anche l'accalappiacani di turno, che può occuparsene nel caso tu non riesca a calmarlo. Mi raccomando, non fare imprudenze, se è così inferocito può essere pericoloso. Soprattutto stai attento a non toccare niente. Hai già chiamato l'ambulanza?
– No, ho chiamato lei subito.
– La chiamo io adesso. Tu stai lì, non ti muovere, arriviamo.
Passa un tempo che a Lennon sembra infinito, nel silenzio rotto soltanto dal ringhio sommesso di Ludwig; un verso ritmico, triste e lugubre che sembra terminare in un lamento. Per un po' Lennon cerca di tranquillizzarlo, lo chiama sottovoce, gli dice di non preoccuparsi, che ha chiesto aiuto, adesso tutto si risolverà.
– Magari la tua padrona sta solo male, vedrai, la aiuteranno, stai tranquillo Ludwig, andrà tutto bene.
Prova più volte a chinarsi sulle gambe e tendere la mano, mostrandogli il profilo come gli ha insegnato Irene. Ma si accorge che qualunque tentativo è inutile, il cane si agita sempre di più. Si allontana di qualche passo, sperando che serva a placarlo un po'; la nebbia non dà tregua al buio, ogni tanto dalla riva scoscesa un fruscio di topo o di serpe rompe il borbottio del fiume e il verso straziante di Ludwig.
Finalmente sente le sirene sulla strada, in alto dietro le case, poi delle voci e dei passi avvicinarsi, vede i poliziotti correre, insieme ai barellieri.
– Qui! Qui! – riesce soltanto a dire.

– Si sposti! – gli gridano. Si fa da parte come un sacco vuoto.
Il resto gli scorre accanto velocissimo. I poliziotti che formano un semicerchio intorno al cadavere di Gaia e lo illuminano con le torce. Ludwig che si è alzato e si è messo a far da scudo tra loro e la sua padrona, il suo muso distorto dal ringhio che è una maschera di furia e di terrore. L'accalappiacani che carica il fucile. Il colpo secco e il corpo di Ludwig che si affloscia impotente, rivolgendo un ultimo sguardo implorante proprio a Lennon, prima di cedere all'anestetico, poi un lungo attimo di silenzio, mentre il cane viene portato via disteso in una gabbia metallica.

***

Nel frattempo è arrivato anche il commissario Geraci, che si è tenuto un po' in disparte, per lasciare il poco spazio disponibile agli agenti e al personale medico.
Adesso si avvicina a Laganà, aspetta che il medico del 118 si rialzi confermando la morte di Gaia Armandi, verosimile strozzamento, poi chiama il medico legale.
– Scusi, capo, ma Gaia Armandi non era quella che le ha dato le informazioni chiave nella storia della... – gli chiede subito l'ispettore.
– Sì, è lei – lo interrompe brusco Geraci, dando un'occhiata a tutti quelli che hanno intorno. – Ma non adesso. Ne parliamo magari dopo.
– Ha ragione capo, scusi, non ci ho pensato.
– Va bene – taglia corto il commissario, poi, cambiando discorso.
– Hai già parlato con Lennon?
– No, commissario, non ne ho avuto il tempo, c'era il cane e tutto il resto.
– Gli parlo io un attimo, poi però devo fermarmi qui, stanno arrivando la Scientifica e il medico legale, tu vai in Centrale con lui per il verbale.

Geraci si siede sulla panchina in pietra poco più in là, il ragazzo trema, per il freddo e per lo choc.
– Cos'è successo, commissario, perché è morta? Cosa faranno a Ludwig?
– Non ti so rispondere, Lennon. Il medico legale ci darà le risposte, ma è stata uccisa, questo è certo. Ludwig andrà al canile, purtroppo. Ma tu perché eri qui?
– Avevo le prove per il CD, in via Artisti, si ricorda che gliel'avevo raccontato? Sono passato di qui perché non avevo sonno e pensavo di andarmi a bere una birra ai Murazzi.
– E non hai incontrato nessuno?
– No, commissario, nessuno.
– Adesso dovrai andare in Centrale, l'ispettore Laganà dovrà farti un po' di domande e dovrai firmare il verbale.
– Va bene, ma... cosa devo dire? ... Non so, non potrei farlo con lei, commissario?
– Lo so che sei spaventato, ma non aver paura, vai con Laganà, io devo stare qui, ma vi raggiungo appena posso.
Si alzano e raggiungono l'ispettore, che nel frattempo sta parlando con gli agenti della Scientifica, appena arrivati.
– Buonasera, commissario, possiamo procedere?
– Sì, certo, procedete. Laganà, tu occupati di Lennon.
– Sì, capo.
Geraci si allontana con loro, prende da parte Laganà, gli dice sottovoce:
– Vacci piano, è molto spaventato. Io arrivo appena posso.
Poi torna verso gli agenti che stanno transennando la zona, guarda il corpo della bella giornalista abbrutito dalla morte. Immagina che sorriderà ancora, domani, nelle registrazioni televisive mentre qualcuno scaverà il suo corpo alla ricerca delle risposte sulla sua morte; rabbrividisce e distoglie lo sguardo. «Per quante spiegazioni si possano trovare – pensa sconfortato – la morte lascia sempre uno strascico di perché senza risposta».
Il medico legale esamina il cadavere, poi si rivolge al commissario:

– È stata una rapina?
– Non abbiamo ancora elementi sufficienti per dirlo. Sa, se la vittima è una giornalista di fama, come in questo caso, le piste possono essere un'infinità.
– Ho notato che non ha né orologio, né gioielli addosso e sul collo oltre ai segni di strozzamento, c'è un segno che potrebbe far pensare a una catenina strappata. Faremo indagini più approfondite, ma a una prima occhiata, almeno, sembra quello. Non c'è una borsa e in tasca aveva solo un mazzo di chiavi.
– Doveva essere uscita con il cane, abita proprio qui sopra in quella casa – il commissario fa un cenno con il mento verso il «Principaio», poco oltre. In realtà, nel buio, al di là del muraglione si intravedono soltanto il secolare cedro del Libano del giardino e il tetto dell'edificio.
– Può darsi che non avesse preso la borsa pensando di star fuori poco. Strano, però, una rapina, con quel grosso cane di fianco.
– Sì, ma l'aveva lasciato libero, probabilmente: di fianco al corpo c'è il guinzaglio. Ecco, guardi, – dice il medico, indicando un agente che lo sta mettendo in un sacchetto trasparente, – è allacciato su se stesso ad anello.
– Sì, può essere. Vedrò di capire se aveva l'abitudine di portare orologio o gioielli. Intanto l'autopsia e i suoi esami ci diranno di più.
– Certamente. Ah, si direbbe che manchi anche il cellulare. A meno che non avesse lasciato in casa anche quello. Povera ragazza, con tutta la sua bellezza, tutti i suoi successi, per poi morire così, una notte, in questo posto lugubre... La vita è sempre ingiusta, eh?
– Non la vita, la morte è sempre ingiusta.
– Ha ragione, commissario. Beh, io qui ho finito, per ora. Quando ritenete, si può portar via il cadavere. Ci sentiamo domani?
– Sì, certo, grazie di tutto, dottore, ci sentiamo domani.

***

– Hai la carta di identità con te?
– Sì, eccola.
– Ciccio, – l'ispettore Laganà si rivolge a un agente porgendogli il documento di Lennon – segna i dati e prepara tutto per il verbale. Lennon, tu aspetta qui – e indica al ragazzo di sedersi sulla lunga panca di legno nel corridoio.
Il sedile è già occupato da un certo numero di persone, qualcuno alza gli occhi a guardare il nuovo arrivato, qualcuno bofonchia un «Ben arrivato», altri invece non distolgono lo sguardo dai loro pensieri.
La fauna della notte di un corridoio in Commissariato è variegata e Lennon ha tutto il tempo di osservarla.
C'è una coppia che litiga, lei ha un occhio nero. Parlano a tratti, sottovoce, ma l'odio glielo si legge negli occhi; un gruppetto di professioniste che chiacchierano allegre e sguaiate con due trans semisvestiti; due o tre drogati che si grattano, con lo sguardo perso nel loro altrove; un signore in giacca e cravatta con la fede al dito, ha l'aria imbarazzata e colpevole, sta seduto un po' in disparte e ogni tanto lancia un'occhiata di soppiatto a uno dei due trans, forse è un cliente beccato sul fatto. Un po' più lontano, in piedi, c'è anche Oddone, il matto che si aggira per le vie del centro vestito da Gesù quando è in buona o da SS quando è arrabbiato. Lennon lo conosce e gli fa una gran pena, racconta sempre di essere figlio di qualcuno che faceva parte di un antico casato piemontese e che è morto prima di riuscire a riconoscelo. Chissà cosa c'è di vero ma, a parte il nome inconsueto, c'è qualcosa, in quel poveretto, che gli fa pensare a un fondo di verità. Adesso però non si salutano, Oddone è molto elegante nella sua divisa da ufficiale delle SS, ma sta dando in escandescenze, mentre due agenti tentano di tenerlo tranquillo.
L'attesa non è poi troppo lunga, Laganà fa entrare Lennon in un ufficio e gli indica la sedia di fronte alla scrivania. Gli chiede se vuole qualcosa da bere, non che la macchinetta offra niente di più di un caffè, però. O un bicchiere d'acqua, se vuole.
– No, grazie, non ce la farei a bere niente.

– Un caffè ti farebbe bene, tremi come una foglia e sei molto pallido. Lo prendo anch'io con te, tanto la notte si fa lunga.
– Allora grazie, va bene il caffè.
– Raccontami un po', a che ora sei passato di lì e hai trovato il cadavere?
– Doveva essere quasi mezzanotte e mezza, ero uscito dallo studio di registrazione in via Artisti 38/E.
– Come mai, stavi registrando qualcosa? Perché di notte e non di giorno?
– Stavo facendo delle prove, il proprietario è un mio amico, mi ha aperto apposta di sera per non farmi pagare, per farmi un favore. Siamo stati lì dalle nove e mezza, mi ha dato un po' di consigli per il mio CD.
– Ah, bravo, un CD. Ma costa parecchio, inciderlo, no?
– Sì, ma sto mettendo da parte i soldi e spero di farcela.
Laganà posa il bicchiere di plastica del caffè dopo aver raccattato i granelli di zucchero rimasti sul fondo e tiene per un attimo il bastoncino trasparente in bocca, a mo' di sigaretta. Il ragazzo è molto agitato, nota, continua a tremare e non ha mai smesso di attorcigliare il cordino che pende dal cappuccio della sua felpa.
– Vuoi una sigaretta? – gli chiede; in fondo ha voglia di fumare anche lui.
– La vorrei sì, ma qui? Credevo non si potesse.
– Un'eccezione si può sempre fare. Ci siamo solo noi, apro la finestra. Tieni – gli porge il pacchetto di «MS».
– Grazie, così non sto a farmela, – risponde il ragazzo rimettendo in tasca il suo pacchetto di tabacco.
– Bene. Torniamo ai fatti, quindi sei uscito dallo studio di registrazione diciamo verso mezzanotte e venti e...?
– E sono sceso dalla scaletta pedonale per andare a bere qualcosa ai Murazzi. C'era molta nebbia, non si vedeva niente, ma ho sentito Ludwig abbaiare. Ho pensato che fosse scappato di casa o qualcosa del genere, l'ho chiamato ma non si è mosso, allora mi sono avvicinato e ho visto Gaia lì distesa.
– E cosa hai fatto a quel punto?

– Volevo andare a vedere se era ancora viva e se potevo far qualcosa ma Ludwig era impazzito, mi ringhiava, se mi avvicinavo cercava di mordermi, non sono riuscito a calmarlo. Non sapevo cosa fare e ho telefonato subito al commissario Geraci.
– Hai fatto bene. Ma tu conoscevi la vittima e il cane, quindi?
– Sì, certo! Sono il dog-sitter di Ludwig.
– Ah, ecco. Suoni per la strada e porti a spasso cani: questo è il tuo lavoro, giusto?
– Sì, esatto. In più ogni tanto la sera suono al «L'Imbarco Numero 7», ai Murazzi: ci fanno sempre jazz.
– Una vita di fatiche... – l'ispettore alza ironico un sopracciglio:
– E come fai a pagarti l'incisione di un CD, con questi lauti guadagni?
– Non sembra, ma qualcosa mi metto in tasca. Poi faccio attenzione e non ho molte spese.
– Va beh, ne riparleremo. Hai incontrato qualcuno, per la strada?
– No, nessuno. Non passa quasi mai nessuno di lì. In una notte come questa, poi...
– E perché secondo te Gaia Armandi ci è andata, appunto, in una notte così, invece di fare via Napione?
– Faceva sempre delle passeggiate lunghe con Ludwig, la sera. Stasera l'ho vista uscire con il cane, mentre riportavo a casa Tea, la bassotta dell'avvocato Molinari, che abita sotto di lei. Sovente faceva il lungo Po. Una volta gliel'ho anche detto che di notte da sola poteva essere pericoloso, ma lei, giustamente, mi ha risposto che con Ludwig di fianco non aveva paura di niente e di nessuno.
– Invece qualcuno l'ha ammazzata, cane o non cane vicino. Dunque l'hai vista uscire di casa, stasera. A che ora?
– Alle nove e mezza, subito prima di andare allo studio.
– E hai notato qualcosa? Era sola?
– Sì, era sola con il cane. Ho notato che aveva l'aria stanca e preoccupata. Stava scrivendo un messaggio sul cellulare, mi ha fatto un cenno, ma non abbiamo parlato. Ho salutato Ludwig e sono corso via.

– Ecco, a proposito, se eri il suo dog-sitter avrai il suo numero di telefono. Giusto?
– Sì, ispettore, certo. Voleva che le mandassi un messaggio ogni volta, dopo aver riaccompagnato a casa Ludwig.
– Potresti darmelo?
Lennon cerca nella rubrica del cellulare un momento, poi lo detta all'ispettore.
– Grazie. Hai anche le chiavi di casa sua? O c'era qualcuno che ti apriva, quando riportavi il cane?
– Le ho, me le aveva date per sicurezza, ma non le usavo quasi mai, di solito mi apriva sempre Antonio.
– Chi sarebbe Antonio?
– Il domestico. In realtà era anche il suo autista. Per questo avevo le chiavi, a volte era via perché la accompagnava da qualche parte ed entravo direttamente.
– Le hai qui con te?
– No, ispettore, non mi servivano stasera, le ho lasciate a casa.
– Va bene, per ora basta così, aspetta qui, se vuoi un'altra sigaretta prendila, torno tra poco. Però le chiavi dovrai consegnarcele. Ah, se ce l'hai, dammi anche il numero del domestico, per favore.
Laganà esce dall'ufficio mettendosi in tasca il foglio dove ha annotato i numeri di telefono di Gaia e del suo autista e va in un'altra stanza per chiamare il commissario sul cellulare, vuol sapere cosa fare con Lennon, se deve trattenerlo.
– 'Sera, capo, ci sono novità? Cosa ha detto il medico legale?
– L'ora della morte ce la dirà con più precisione, ma indicativamente dovrebbe essere tra le nove e mezzanotte e mezza, quando l'ha trovata Lennon. Strozzata. Ha un altro segno sul collo, forse una collana strappata. Il Dottore pensa a una rapina finita male. Per ora abbiamo fatto quel che potevamo e la squadra ha quasi finito di transennare, ma appena c'è luce bisogna passare anche la riva del fiume. Tra poco andiamo a casa della vittima e a sentire i vicini. Tu, novità con Lennon?
– Capo, io l'ho interrogato, ho fatto il verbale, ma adesso è

meglio che venga lei, mi sa che ci vuole un fermo.
– Perché un fermo? Lennon non ha fatto niente, ha solo trovato il cadavere, lo lasciamo andare e domani lo sentiamo di nuovo con calma se c'è bisogno.
– Ma, capo... e se fosse stato lui?
– Neanche per sogno! E perché avrebbe dovuto ucciderla?
– Per portarle via la collana che dice il Dottore e magari altro. Ci pensi, ha bisogno di soldi, me l'ha detto lui, perché vuole fare un CD e costa, la conosceva, sapeva che la sera andava lì con il cane e oltretutto conosceva anche il cane. Probabilmente sapeva anche se aveva gioielli preziosi o cose simili visto che andava e veniva da casa sua. Cento a uno è stato lui.
– No. Lennon è un bravo ragazzo. Non è stato lui, te lo garantisco io. Poi scusa, prima la ammazza e poi mi telefona? Cos'è, scemo?
– L'ha vista uscire di casa, mi ha detto, mentre riportava un altro cane. Niente di più facile: l'ha seguita, voleva solo rubare, lei si è ribellata, l'ha ammazzata e poi se ne è andato allo studio di registrazione. Però si è spaventato di cosa aveva fatto, all'uscita è andato lì per cercare se aveva lasciato tracce, ha visto il cane che ringhiava e tutto, ha perso la testa e le ha telefonato. Guardi che ci sta. Non possiamo lasciarlo andare. Sono sicuro che se lo teniamo qui stanotte, crolla e confessa.
– No. Non abbiamo motivo di trattenerlo. E non è stato lui, ti dico.
– Ma, capo, scusi, abbiamo motivo sì: è un ungherese mezzo girovago, potrebbe scappare da un momento all'altro. Come fa a fidarsene così, lei?
– Tu non lo conosci, io sì. Molto bene. Sai che l'abbiamo tenuto d'occhio tanto e non è mai venuto fuori niente. Beh, l'ho tenuto d'occhio anch'io, per i fatti miei, a lungo. Oltretutto è il dog-sitter anche di Ettore, il nostro cane. Mi ci sono affezionato, lo conosco come un figlio. Avrà tutto contro, può darsi, ma ti dico che non è stato lui.
Il commissario rivede le tante domeniche in cui lui e Costanza

hanno invitato Lennon a mangiare da loro e i pomeriggi che il ragazzo ha passato a studiare Italiano in negozio con sua moglie. Lennon ha orecchio per le lingue, non solo per la musica. Tanto che Geraci gli aveva regalato un corso di Italiano avanzato, non si può fare il musicista a Torino e non sapere la lingua alla perfezione, gli spiegava. E infatti il ragazzo la parla meglio di tanti italiani, ormai. Gli è rimasta solo una leggera inflessione, un caratteristico modo di strascicare le vocali e di arrotondare un po' la *s*. Anche al commissario piace la musica e sa strimpellare qualcosa alla chitarra. Aveva insegnato lui a Lennon buona parte delle canzoni italiane che tutti sanno e che lo avrebbero fatto guadagnare bene. Hanno passato tanto tempo insieme, gli ha fatto leggere libri, gli ha parlato della storia della città andando in giro. Lennon è un bravo ragazzo sveglio che qui non ha nessuno e lui gli ha fatto un po' da padre.
Lo spiega all'ispettore, che sta a sentire stupefatto. Ha sempre saputo che il commissario è un buono, ma è così riservato, non racconta mai niente di sé, non immaginava che fosse tanto legato a Lennon. «Beh – pensa – in effetti potrebbe essere suo figlio, che buffo, con colori diversi ma quasi quasi si assomigliano anche un po'. Sono contento per il capo – sorride l'ispettore – gli è sempre mancato tanto un figlio».
– Va bene, capo, adesso ho capito, lei è sicuro che non sia stato lui. Cosa facciamo allora? Lo lascio andare e se c'è bisogno lo chiamiamo di nuovo?
– Sì, facciamo così. Scusati con lui, gli avevo promesso di venire lì, ma non ce la faccio. Digli che lo chiamo domani – guarda l'ora – cioè oggi.
– Ah, il ragazzo ha le chiavi di casa della vittima, gli ho detto che deve consegnarcele. Mi sono anche fatto dare il numero di cellulare della vittima e quello del domestico, visto che li aveva.
– Bravo. Quello della vittima ce l'avevo nel fascicolo della faccenda che sai, ma del domestico non ne sapevo niente. Me lo dài, che lo convoco subito? Anzi, fa' una cosa, mandamelo per messaggio che qui non riesco a scrivere.

– Sì, capo. Ha bisogno che venga lì?
– Per ora no, se ho bisogno ti chiamo. Intanto finisci con Lennon e senti magari l'obitorio, per gli oggetti della vittima da repertare.
– Visto che ho il numero qui, chiedo anche i tabulati telefonici, mentre ci sono?
– No, aspettiamo il nulla osta del PM, ha detto che mi manda una mail, appena arriva ti avviso e li chiedi.
– Va bene, capo, 'notte.
– Lunga notte. A dopo, Laganà, grazie.

***

L'appartamento di Gaia Armandi sembra un porto di mare. Agenti vanno e vengono, aprono cassetti, frugano armadi. Antonio Piras, l'autista tuttofare di Gaia, è arrivato da poco. Quando l'hanno chiamato dicendogli di presentarsi subito a casa della dottoressa Armandi perché era stata uccisa, ancora assonnato, aveva pensato a uno scherzo di cattivo gusto. Ancora adesso, che è ben sveglio e sa che è tutto vero, fa fatica a crederci e non sa bene come comportarsi; sta seduto fermo in cucina, aspettando che gli chiedano informazioni.
Non è che sappia molto e per la verità quel che sa l'ha già detto. Arrivava ogni mattina alle otto, accompagnava Gaia Armandi in Rai alle nove dopo averle preparato la colazione, generalmente poi tornava in casa per le pulizie, a meno che Gaia non dovesse fare trasferimenti pcr lavoro in mattinata. La andava a riprendere di solito nel pomeriggio, alle sei e la riportava a casa. Se non aveva ospiti o impegni serali il suo compito terminava lì. No, se non c'erano ospiti, Gaia preferiva rimanere sola la sera, lui preparava il tavolo e le lasciava qualcosa di pronto, solo da scaldare. I suoi giorni liberi erano generalmente il giovedì pomeriggio e la domenica, anche se a volte variavano, a seconda degli impegni della dottoressa Armandi.
La Dottoressa di solito si vestiva sportiva e non indossava i gioielli importanti, che possedeva e conservava nella cassetta di

sicurezza in camera da letto, tranne un collier con una pantera d'oro e brillanti, crede di Cartier e, al polso, un Rolex Daytona «Paul Newman»; lo sa bene lui, perché gli orologi sono la sua passione e quel modello è da veri intenditori.
Conosceva Gaia Armandi da poco più di un anno, ossia da quando si era trasferita da Milano a Torino per condurre il nuovo programma.
Era una persona riservata, sapeva poco della sua vita, non usciva molto di sera, qualche inaugurazione, qualche pranzo in casa di amici, ma lui non aveva gli indirizzi scritti, gli diceva all'ultimo momento dove portarla.
Sa di un padre ricoverato in una casa di riposo perché malato di Alzheimer, che sovente Gaia andava a trovare e di una sorella a Milano, che però non aveva mai visto. Della madre non sapeva nulla.
Era stato assunto tramite un'agenzia, Gaia in persona aveva fatto la selezione e scelto lui.
Il commissario Geraci dirige le operazioni della perquisizione, vengono sequestrati il computer portatile, la borsa, l'agenda e il tablet. Del cellulare, però, non c'è traccia.
In camera da letto, la cassaforte viene smurata e portata via, visto che Antonio non conosce la combinazione, che apparentemente non è segnata da nessuna parte.
– Commissario, dobbiamo cercare altro? Commissario, scusi... il commissario è sovrappensiero, sta guardando la grande fotografia che ritrae Gaia Armandi, al tempo in cui era modella, firmata Paolo Flaiano per «Vogue» e ci mette un attimo a realizzare che l'agente gli sta parlando.
– Sì, scusa, – si riscuote – no, se avete finito, per ora possiamo andare.
– Bella eh? – commenta l'agente guardando anche lui la fotografia e ammiccando al commissario.
– Sì, molto bella. Ma non le è servito a niente esserlo. Andiamo, dài. Dite al domestico che deve prendere le sue cose e venire con noi, poi mettete i sigilli.

Precede i suoi uomini giù dalle scale, intenzionato a suonare il campanello di casa Molinari, ma l'avvocato, in pigiama, sta già aprendo la porta, seguito da sua moglie. Anche lei è in abito da notte, con i capelli biondi sciolti sulle spalle, si nota che di solito li tiene legati in una stretta coda per la piega netta che conservano a metà lunghezza. Ha gli occhi sgranati e l'espressione spaventata. Lascia parlare il marito, che chiede allarmato al commissario:
– Cosa succede? Vi ho sentiti andare su, prima. Hanno rubato dalla Armandi?
– No. Purtroppo la dottoressa Armandi è stata uccisa.
– Uccisa? Ma come, uccisa? Che orrore! Le sono entrati in casa per rubare e l'hanno uccisa?
– No. L'hanno strozzata sul lungo Po, qui sotto, mentre portava fuori il cane. Lei ha sentito niente?
– No, niente. Solo le sirene e poi voi che andavate su. Ero fuori con mia moglie, oltretutto, stasera – si volta verso di lei, che annuisce. – Siamo rientrati abbastanza tardi.
– Tardi quanto? Che ora era?
– Non lo so, di preciso – l'avvocato ci pensa un attimo. – Saranno state le undici, undici e mezza, non prima.
– Direi undici e mezza – conferma sua moglie.
– C'era qualcuno, in casa, durante la vostra assenza?
– Sì, c'erano nostro figlio e la nostra filippina.
– Sono in casa in questo momento?
– Sì, stanno dormendo.
– Ritiene possano aver visto o sentito qualcosa?
– Ne dubito. Filippo è andato a dormire presto: ha solo sette anni e deve alzarsi presto per andare a scuola, ma Dory era sveglia, quando siamo rientrati. Stava guardando la televisione e non ci ha riferito niente, anzi ha detto che era stato tutto tranquillo.
– Se si fosse sentito qualcosa di strano, Tea, la nostra bassotta, avrebbe dato l'allarme di sicuro, – si intromette Giulia Molinari – sente tutto e, mi creda, quando fa la guardia ha una voce che è impossibile non darle retta.
– Vi ringrazio, non sto a disturbare la vostra colf a quest'ora,

ma se lei o vostro figlio avessero qualcosa da riferire – porge un biglietto da visita all'avvocato – non esitate a chiamarmi. Qualunque dettaglio può essere importante per le indagini, anche quello che sembra più insignificante. Ancora una cosa: sapete se c'è qualcuno in casa, al piano di sotto?
– Sì, il Principe dovrebbe esserci, che io sappia. L'ho incontrato rientrando dall'ufficio, oggi pomeriggio, sul tardi.
– Grazie, notaio. Arrivederla, avvocato Molinari.
Geraci suona a lungo il campanello al piano di sotto, prima che il Principe apra la porta, con la faccia pesta, lo sguardo assente e assonnato e il suo vocione ancora più roco del solito. È stato in casa tutta la sera, racconta, con alcuni amici, quattro, per l'esattezza. Non hanno visto né sentito niente, non sono usciti in giardino, figurarsi, con il freddo che fa. I suoi amici sono andati via verso mezzanotte e lui è andato a letto poco dopo. La camera da letto dà su via Napione, ha sentito le sirene nel dormiveglia ma non ci ha fatto troppo caso, per la verità. Gli spiace molto non poter essere utile, conosceva bene Gaia Armandi, che stimava e ammirava e che più di una volta era stata sua ospite in qualche ricevimento. Dà al commissario i nominativi e i numeri di telefono dei suoi ospiti di stasera e lo saluta promettendo di contattarlo se gli viene in mente qualcosa.

***

Alle otto del mattino, Lennon, pallido, con due segni profondi sotto gli occhi, entra in Commissariato per consegnare le chiavi dell'appartamento di Gaia. Chiede dell'ispettore Laganà, ma viene invece ricevuto dal commissario.
– Ciao Lennon, stavo per chiamarti. Come ti senti?
– Abbastanza bene, commissario, ho solo dormito poco o niente. Lei? Ha l'aria molto stanca. Ci sono novità sulla morte di Gaia?
– Poche. Mancano una collana, l'orologio, il telefono. Sembrerebbe una rapina: un balordo, un drogato, che aveva bisogno di soldi facili.

– Ma non può essere una rapina.
– Perché ne sei così sicuro?
– Perché c'era Ludwig, commissario. Nessun ladro si sarebbe avvicinato a lei con quel cane di fianco.
– L'aveva lasciato libero, può darsi che si fosse allontanato e non si sia accorto di cosa stava succedendo.
– No, commissario. Lo conosco. Si sarebbe allontanato solo se fosse stato ben sicuro che la situazione fosse sotto controllo. Dev'essere stato qualcuno di cui il cane si fidava.
– Se si era allontanato tanto, magari non ha visto né sentito niente e quando è tornato, era troppo tardi.
– Non si sarebbe mai allontanato così tanto dalla sua padrona da non sentire cosa le succedeva, specie di sera, al buio, se era sola. Mi creda, non può essere.
– Io credo a cosa vedo. Qualcuno l'ha ammazzata, alla faccia del cane. – Guido Geraci si innervosisce: – È sparita la roba che indossava, questa è una delle poche certezze che abbiamo, al momento, per cui da questo bisogna partire. Anzi, perché non tendi le orecchie anche tu, nei tuoi giri? Se qualcuno li ha presi, prima o poi verranno a galla. Una pantera di Cartier e un Rolex «Paul Newman» non possono passare inosservati.
– Io tendo orecchie e occhi e se sento qualcosa glielo dico subito, commissario, ma non ci credo – risponde convinto il ragazzo, mettendo nella tasca posteriore dei jeans il foglio su cui Geraci ha appuntato la descrizione dei gioielli. – È stato qualcuno che la conosceva e che conosceva bene anche il cane.
– Credi cosa vuoi, – taglia corto il commissario – per ora cerchiamo i gioielli, poi vedremo.
– Sì, commissario. Lo farò. Arrivederci.
«Però ha ragione Lennon – pensa il commissario tornando nel suo ufficio dopo aver riaccompagnato il ragazzo all'ingresso – la faccenda della rapina non sta in piedi». Scuote la testa e sospira mentre si siede sulla sua logora poltrona; si sente addosso tutto lo stordimento della notte insonne. Avrebbe proprio bisogno di un paio d'ore di riposo, gli ci vuole tutta la sua lucidità per

potersi concentrare, ma per ora non se ne parla. Magari nel pomeriggio.
Intanto, finalmente, il magistrato, alla fine del suo turno, si appresta a inviargli l'e-mail con il nulla osta per la richiesta dei tabulati telefonici di Gaia.

4. Mercoledì, 22 febbraio 2012

– No, ragazzi, oggi dobbiamo andare dall'altra parte – dice poco dopo esausto Lennon a Tea e ai due Jack Russell, tirandoli verso sinistra, all'uscita dal Principaio.
Stanotte è arrivato a casa alle cinque, si è steso sul letto ed è stato vinto dal sonno a tratti, ma ogni volta si risvegliava di soprassalto con negli occhi l'immagine del volto sfigurato di Gaia che lo fissava nel buio. E non riusciva a non pensare allo sguardo impotente di Ludwig mentre cadeva a terra anestetizzato. Non si perdona di non essere riuscito a tranquillizzarlo, si sente in colpa per la sorte del cane, ma era troppo agitato anche lui per poterci riuscire.
Mentre percorre via Napione, si rende conto che senza Ludwig c'è un vuoto, non solo fisico, che anche i cani sentono. Sono tutti spaesati.
– Cosa facciamo, dove vi porto adesso a giocare?
Decide per ora di passare a salutare Nando e vedere se il nervoso di ieri gli è passato. Faranno quattro chiacchiere, magari gli servirà per distrarsi, ne avrebbe davvero bisogno.
È fortunato, il suo amico è fuori dal portone, con l'immancabile sigaretta in bocca e la sua adorata Minnie al guinzaglio. La rabbia, però, non deve averla sbollita del tutto, ha ancora l'aria accigliata e un'espressione triste.
– Ciao, Lennon, cosa ci fai da queste parti con i cani?
– Ciao, Nando. Sono passato a trovarti. Al lungo Po non me la sentivo di andare e poi sarà tutto bloccato.
– Da cosa?
– Ma non sai niente?
– No, cosa?
– Di Gaia Armandi!

– E cosa dovrei saperne, io, di quella?
– È morta. L'hanno ammazzata ieri sera, sul lungo Po sotto casa sua.
– Ma vah!? – Nando fa una faccia parecchio stupita, ma nel suo sguardo passa un'ombra di sollievo.
– Come ma vah!? È orribile!
– Boh... orribile... Ha trovato qualcuno che le ha fatto pagare il conto. Se lo meritava!
– Ma cosa dici? Sei impazzito!?
– Non dico niente, solo che la cattiveria torna sempre indietro come un boomerang. Poi non la conoscevo e non mi importa niente che sia morta.
– A me sì. La conoscevo. Stanotte l'ho trovata io, morta. E quello che dici è mostruoso.
Nando sgrana gli occhi verso l'amico e cambia atteggiamento.
– Oh mamma! Ecco perché hai quella faccia. Dev'essere stato spaventoso! Scusa, non immaginavo, non avrei detto quelle cose.
– Non fa niente, non è per me, è che sei stato meschino e non è da te. Se non la conoscevi, non ti ha fatto niente di male, no?
– La vedevo in TV e mi stava antipatica, con quell'aria da so-tutto-io e aggiusto-tutto-io. Ma hai ragione, ho proprio esagerato. Dài, vieni dentro con i cani, ti offro un caffè e mi racconti, così ti sfoghi un po'.
Appena entrati Lennon lascia liberi i cani e si siede su una delle sedie impagliate attorno al tavolo, mentre Nando mette sul fuoco la caffettiera. Le parole gli escono come un fiume in piena in un racconto a tratti confuso e incomprensibile, ma Nando non lo interrompe; sa che il suo amico ha proprio bisogno di questo, lasciar uscire tutto, così come viene.
– Sono preoccupato per Ludwig, è al canile, chissà cosa gli succederà adesso. Vorrei poter fare qualcosa. Lo so che forse non è giusto pensare al cane ed essere così triste per lui, quando Gaia è morta, ma è più forte di me. E sono sicuro che lei lo capirebbe, voleva molto bene al suo cane – termina Lennon, con

gli occhi che gli si velano di lacrime. Non è abituato a piangere di fronte a qualcuno, gira lo sguardo per ricacciarle dentro e si guarda intorno per distogliere il pensiero.
La portineria di Nando è un gioiellino, linda e curata nei minimi particolari. Ricorda una casa al mare, forse eoliana, tutta giocata sui toni del bianco e del blu. Lennon fissa il bel mazzo di tulipani bianchi nel vaso color pervinca, sul tavolino di fianco alla porta. Sembrano scelti apposta per stare accanto alle tende che la incorniciano, in pesante tela *écru*, bordate con una passamaneria a timoni e ancore alternate e fermate da una spessa cima color corda intrecciata di blu.
– Hai cambiato le tende?
– Sì, ma già da un mesetto.
– È un po' che non entravo. Belle.
– Grazie, anche a me piacciono molto. Sono un bel ricordo – risponde Nando un po' trasognato.
– Ah sì? Di cosa? Dài racconta, così mi distraggo un po'!
– Ma no, dicevo così, per dire. Mi ricordano il mare, niente di più – Nando scrolla le spalle, lo sguardo gli si acciglia di nuovo. È chiaro che non ha molta voglia di parlare delle sue tende nuove.
– Senti, grazie del caffè, adesso è meglio che vada, devo portare a spasso i cani – dice Lennon guardando l'ora – vuoi darmi anche Minnie? La faccio giocare un po' con gli altri, magari riempie un po' il vuoto di Ludwig, anche per loro.
– Sei gentile, sarebbe fantastico! Io riesco così poco a portarla a correre, povera piccola, sono sempre qui... – Nando guarda innamorato la sua pettinatissima simil-Yorkshire Terrier, che sfoggia un nastrino turchese a tenerle il folto ciuffo lontano dagli occhi.
Rimessi tutti i guinzagli ai cani, Lennon sfiora la bella tenda e sente risuonare nella mente la voce divertita di Gaia: «Ho visto le nuove tende, sotto. Molto di buon gusto!». Sussulta e fissa stupefatto Nando, che gli sta porgendo il guinzaglio altrettanto turchese di Minnie.

– Che c'è? Perché hai quella faccia?
– Niente, scusa, è ancora lo spavento di stanotte.
– Eh, sì. Ci metterà un po' a passare. Se non te la senti di star da solo, passa di qua quando vuoi.

***

Alle sei e mezza, stamattina, come sempre, Irene ha spento con un colpo deciso le prime due sveglie e ha assaporato con una punta di voluttà la breve pausa di silenzio assoluto, nell'attesa che, cinque minuti dopo, il suono intenzionalmente stridulo della terza svegliasse con prepotenza il «martire». È un rito che si ripete tutte le mattine: il «martire», che poi si chiama Emanuele, si gira bofonchiando un paio di improperii, la scuote e la chiama finché lei non spegne definitivamente l'odiata sveglia, rassegnandosi ad aprire gli occhi e cominciare la giornata.
In quell'esatto istante un gatto ha cominciato a passeggiarle addosso e due cani a saltellare come impazziti per tutta la camera, aspettando frementi il momento della pappa mattutina.
Irene, come sempre, si è fatta una doccia, si è vestita, ha chiamato i figli e i restanti quadrupedi, ha preparato la colazione per tutti, ingurgitato un caffè bollente e prima ancora di essere del tutto sveglia si è ritrovata in macchina con i figli, già qualche minuto in ritardo per la scuola.
Ha acceso la radio sperando in un po' di musica che attutisse le accese discussioni che immancabilmente provengono dal sedile posteriore ed è capitata invece sul giornale-radio.
Un giornalista stava dando la notizia dell'omicidio di Gaia Armandi con voce impersonale, infarcendola di aneddoti sulla sua vita e raccontando nel dettaglio il ritrovamento del corpo nella notte da parte di un ragazzo ungherese, conoscente della vittima, che passava per caso sul lungo Po deserto, lasciando intendere che pesanti sospetti ricadano su di lui. Parla anche del cane feroce e pericoloso della vittima, portato al canile in

attesa di accertamenti sulla sua presunta instabilità di carattere. Irene si è poi precipitata al Bar Blu, dove sperava di incontrare Lennon, che invece era già uscito con i Jack Russell.
Una serafica Carlotta le ha chiesto il motivo di tanta agitazione:
– Certo che ho visto Lennon, è andato via poco fa.
– E come stava? Ti ha detto qualcosa?
– Non benissimo, direi; deve avere di nuovo mal di denti, aveva l'aria di non aver chiuso occhio. Ma... ti calmi? Cos'è questo terzo grado?
– Macché mal di denti! Non ti ha detto niente? Non hai sentito di Gaia Armandi?
– No, cosa dovevo sentire?
– L'hanno detto alla radio, è morta, è stata strozzata in lungo Po Machiavelli, sotto casa sua e Lennon ha trovato il cadavere stanotte.
– Morta strozzata? Ma sei sicura? È assurdo!
– Certo che sono sicura, l'ho sentito alla radio. Ti pare che inventerei una cosa così?
– Ma cosa è successo?
– Ma che ne so? Quel cretino del giornalista alla radio non ha detto niente, se l'è solo presa con Lennon come se fosse l'assassino e con Ludwig, facendo credere che sia una belva feroce. Poi ha fatto il solito panegirico mieloso e inutile su di lei. Chissà poi perché, appena uno muore, devono santificarlo?
– Beh, mi dispiace che sia morta, ma in effetti santificare Gaia Armandi è un po' tanto... – Carlotta alza le spalle come infastidita: – Pur di fare un po' di audience, era capace di distruggere chiunque.
– In realtà, faceva un buon servizio, con le sue inchieste: ha messo il dito in molte piaghe nascoste. Anzi, chissà che a ucciderla non sia stato qualcuno non ha gradito e si è vendicato. Altro che Lennon!
– Onestamente Lennon non me lo vedo proprio come assassino. Ma in fondo non si sa mai, no? Comunque adesso capisco perché è scappato così di corsa, sembrava non avesse voglia di parlare

con nessuno. Anche con Biasutti, gli ha chiesto scusa e non ha preso neanche il caffè. Dev'essere sconvolto.
– Sì, poverino, chissà in che stato è! Scappo anch'io in studio, ho una visita tra poco, però se lo vedi o lo senti, digli di passare da me, quando può. Va beh, tanto gli telefono.
Uscendo, Irene si è fermata un attimo davanti all'edicola, cercando la notizia sulle prime pagine dei quotidiani esposti, ma nessuno la riporta ancora. Bisognerà aspettare l'edizione pomeridiana, per saperne di più.
Adesso è nel suo studio, ha appena visitato un gatto bizzoso e sanissimo, gli ha tagliato le unghie tanto per dare soddisfazione alla ancora più bizzosa padrona e sta disinfettando il tavolo, quando Lennon entra trafelato senza neanche bussare.
– Ciao Lennon, meno male che sei passato! Come stai? È orribile!
– Lo sai già? Sì, è davvero orribile. Mi sembra quasi che non sia vero, tanto assomiglia a un incubo.
– L'ho sentito alla radio, speravo di incontrarti al bar, ti avrei chiamato più tardi, finito il tuo giro con i cani.
– Sono stato maleducato con tutti, al bar, sono scappato, ma non riuscivo a parlare con nessuno. Il dottor Biasutti dev'esserci rimasto male, ha fatto una faccia... mi scuserò con lui più tardi: ho appuntamento stamattina per il dente.
– Ma certo, capirà. Adesso raccontami di stanotte, se ce la fai.
Lennon per la seconda volta racconta tutto, sente la sua stessa voce parlare e gli sembra di ascoltare la trama di un film dell'orrore.
Sa che Irene può capirlo e subito dopo le parla di Ludwig, la scongiura di fare qualcosa, di aiutarlo, deve uscire dal canile. Stavolta le lacrime le lascia scendere e finalmente, man mano che escono, si sente un po' più leggero e un po' più lucido.
– Mi ha guardato, mentre cadeva. C'era tutto in quello sguardo: mi ha chiesto perché è successo, mi ha supplicato di aiutarlo e si è scusato per la rabbia che aveva dentro. Io sono rimasto fermo e non ho fatto niente. Non ho potuto fare niente. Ma è

come se continuasse a guardarmi così. Capisci, devo tirarlo fuori di lì.
– Va bene, te lo prometto, lo tireremo fuori. Bisogna parlarne con il commissario, è tuo amico, ti aiuterà. È l'unico che può farlo, se è stato sedato e accalappiato, probabilmente scatta la procedura di recupero e non possono affidarlo. Ma visto che Geraci è incaricato delle indagini, sicuramente può far qualcosa. E la moglie anche, conosce tutti in canile, può almeno fare in modo che abbiano un occhio di riguardo, nel frattempo.
– Hai ragione, lo chiamo subito, posso? Così magari gli parli anche tu.
Geraci, però, non ha buone notizie per loro. Non può far niente per Ludwig, al momento. Rientra nell'asse ereditario di Gaia Armandi, in quanto sua proprietà e stanno ancora cercando di rintracciare i parenti. Il cane, purtroppo, deve rimanere al canile finché la successione non sia definita. Cerca di tranquillizzare Lennon: i volontari del canile, gli spiega, sono brave persone e sicuramente tratteranno al meglio Ludwig. In ogni caso gli promette di chiedere a Costanza di interessarsene ed eventualmente di accompagnare il ragazzo a trovare il suo amico a quattro zampe.
Però lui adesso deve occuparsi dell'omicidio della sua padrona e della sparizione dei gioielli, ricorda a Lennon, cosa per cui ha bisogno anche del suo aiuto.
– Certo, commissario, lo so. Stasera vado un po' in giro e comincio a drizzare le orecchie. Sento anche da Ahmed, sa, il vucumprá di via Po, è un ragazzo per bene, magari sente dire qualcosa nei suoi giri. Siete per caso già andati stamattina al mercato di San Pietro in Vincoli? Se riesco ci faccio un giro domattina presto: se c'è qualcosa, prima o poi, passa da lì. Però commissario, questa storia della rapina... Ma lei è sicuro?
– No, per niente. Lo so che fa acqua, battiamo tutte le strade possibili, ma sta di fatto che i gioielli mancano e se si trovano possono portarci all'assassino.
Quando finisce la telefonata, Lennon si sente già un po' solle-

vato, l'idea di andare a trovare Ludwig con Costanza lo rincuora. Spiega a Irene, che ha sentito tutta la conversazione, la questione dei gioielli; ha ragione il commissario, le dice, anche se non fosse stata una rapina, trovarli sarebbe comunque un passo avanti nella caccia all'assassino ed è fiero di poter essere in qualche modo utile alle indagini.

– Che pena, povera ragazza. Così bella, così famosa e ancora così giovane. Fa effetto pensare che l'abbiano ammazzata così, per una stupida rapina da quattro soldi – commenta la veterinaria.

– Però hai ragione, suona proprio strana una rapina, con Ludwig lì. Deve aver gridato, aver reagito in qualche modo, se no non l'avrebbero ammazzata. E il cane, nel frattempo, non avrebbe fatto niente per difendere la padrona? Non ha senso!

– Infatti! Per me l'ha uccisa qualcuno che entrambi conoscevano e di cui si fidavano. Dev'essere successo all'improvviso, lei non deve aver avuto il tempo di gridare, altrimenti Ludwig sarebbe intervenuto.

– Gaia Armandi non aveva il dono della simpatia e probabilmente con il suo programma e le sue inchieste non si è fatta tanti amici, ma pensare che qualcuno la odiasse al punto di ammazzarla...

– Però ieri sembrava preoccupata di qualcosa, adesso che ci penso.

– Preoccupata? In che senso?

– Non so, era pensierosa, stava stesa sul sofà e guardava il soffitto quando sono entrato a prendere Ludwig. Mi ha anche fatto una strana domanda.

– Cioè?

– Ma non lo so, non me la ricordo bene, qualcosa sugli avvenimenti che cambiano la vita. Non ci ho fatto caso, ma per lei doveva essere importante, aveva uno sguardo strano. Le ho risposto la prima cosa che mi veniva in mente e lei, a quel punto, mi ha ringraziato e mi ha perfino stretto la mano. Figurati, lei, a me!

– Devi cercare di ricordarti, può essere importante! Ne hai parlato con la Polizia?

– No. Mi è tornato in mente solo adesso. Ne parlerò con il commissario. Poi anche ieri sera, quando l'ho vista che usciva di casa con Ludwig, stava scrivendo un messaggio e aveva l'aria stanca e preoccupata. Non l'avevo mai vista così, sembrava perfino più vecchia. E dire che si era presa un giorno di vacanza. Questo però l'ho detto, stanotte, all'ispettore.
I cani cominciano a dar segni di insofferenza, oggi ci sono stati già troppi cambiamenti e loro sono animali terribilmente abitudinari. Tea e Minnie, in questo momento, stanno girando in tondo, annusandosi con il pelo irto sulla schiena e ringhiando sommessamente, per decidere chi di loro deve essere l'oggetto delle attenzioni di Joe, mentre Black, per riaffermare il suo ruolo, segna il territorio facendo una copiosa pipì contro una gamba della scrivania di Irene.
Lennon capisce che è proprio ora di portarli a sfogarsi un po'. Mortificato, dopo aver pulito il misfatto, mette frettolosamente i guinzagli ai cani e scappa fuori, promettendo a Irene di tenerla informata sulle indagini e sulle condizioni di Ludwig, che spera di andare a trovare già oggi, o al massimo domani, se per Costanza fosse possibile.
Al ritorno dalla lunga passeggiata a Parco Leopardi, dove ha deciso di portarli per lasciarli un po' liberi, punta deciso verso casa di Carlotta, sapendo che la portinaia se ne va alla mezza.
«Strano che la dottoressa sia a casa a quest'ora», pensa quando la portinaia gli fa cenno di salire, mentre i Jack Russell lo tirano su per le scale e stranamente anche Tea, naso a terra.
Carlotta apre senza guardare, come se stesse continuando un discorso già iniziato:
– Se avessi immaginato di infilarmi in un casino così, col cazzo che ti davo retta!
– Scusi???
– No, Lennon – taglia corto Carlotta – non parlavo con te. Arrivederci.
Mentre trascina fuori una riluttante Tea e una più serafica Minnie, Lennon non può far a meno di notare un casco nero

appoggiato sulla sedia in entrata, su cui spiccano le iniziali «AM» in argento.

***

Guido Geraci chiama nel suo ufficio Laganà, gli dà ordine di organizzare, per l'indomani mattina sul presto, che qualcuno tra i loro agenti più capaci, si faccia un giro al mercato di corso Novara e a quello di San Pietro in Vincoli.

Mentre decidono chi mandare, arrivano i tanto attesi tabulati telefonici di Gaia Armandi.

La prima cosa che salta agli occhi del commissario e dell'ispettore è un numero di telefono che compare con regolarità, con chiamate in entrata e in uscita e sms quotidiani.

– Bisognerebbe far richiesta dei testi degli sms.

– Ci ho già pensato, commissario. Mentre richiedevo i tabulati, ho chiesto anche i testi di tutti gli sms in uscita. Mi sono dimenticato di avvisarla, spero non sia un problema...

– Ah, però! Cosa farei senza di te, Laganà? – scherza affettuoso Geraci

Nel pomeriggio e nella serata di ieri i contatti con il numero sono molto più intensi del solito: cinque chiamate in entrata tra le 17:30 e le 21. C'è poi ancora un sms delle 21:30 mandato da Gaia a quel numero: «Basta parlarne per telefono, sono sfinita, vado fuori con Ludwig, raggiungimi lì», a seguito di una sesta chiamata in entrata, non risposta.

– Allora doveva vedersi con qualcuno! Di chi cazzo è questo numero? Possibile che non venga fuori?

Geraci sfoglia impaziente i tabulati, ma nemmeno l'analisi degli sms in uscita risulta utile a far luce sull'identità della persona a cui Gaia Armandi aveva dato appuntamento poco prima di morire: i testi sono in genere molto scarni, anche se denotano confidenza, e Gaia Armandi non si firma, né chiama mai per nome la persona in oggetto.

– Guardi qui, commissario! – fa notare però Laganà, indicando

e leggendo ad alta voce il testo di un vecchio sms – «Allora, Duca, oggi alle sei e mezza?».
– Anche qui. E qui – risponde Geraci. – Chissà chi è questo Duca. Vediamo di capire in fretta a chi appartiene il numero. Te ne occupi tu, Laganà? Fai subito richiesta alle compagnie telefoniche, visto che anche sull'agenda non c'è niente, io intanto avviso il magistrato dell'urgenza.
– Subito, capo.
Dal confronto approfondito con l'agenda si notano poi contatti frequenti con l'Istituto Santa Cristina di Pecetto, dove è ricoverato suo padre da quando Gaia si era trasferita a Torino, alcuni contatti con colleghi e amici, molte telefonate e sms di lavoro, sporadiche telefonate alla sorella, un messaggio di auguri, dal tono formale, alla madre, per Natale.
– Siamo riusciti a rintracciare la madre e la sorella?
– Sì, le abbiamo rintracciate al cellulare, sono entrambe a San Pietroburgo per lavoro. Abbiamo avuto un po' di informazioni, dalla sorella, però. La madre ha avuto Gaia giovanissima, da un primo marito che ha abbandonato, insieme alla figlia, quando Gaia aveva sette anni, per trasferirsi da Roma a Milano e risposarsi con l'attuale marito, un imprenditore, da cui ha avuto la seconda figlia. La madre ha poi cercato di riallacciare i rapporti con Gaia, che però pare non l'abbia mai perdonata e non abbia mai più avuto con lei altro che pochi rapporti formali. Con la sorellastra aveva qualche contatto di più, anche se sporadico, specie nel periodo in cui Gaia ha vissuto a Milano per lavoro.
– E il padre?
– Da alcuni anni è malato di Alzheimer, non si è risposato. Gaia se ne è sempre occupata, quando si è trasferita qui l'ha portato al «Santa Cristina» di Pecetto, i medici dicono sia terminale, non riconosceva neanche più la figlia da mesi.
– Madre e sorella quando arrivano?
– Nei prossimi giorni. Mi richiamano. Probabilmente dopodomani.

– Bene. Adesso occupiamoci di questo Duca, trova l'intestatario del numero.

***

Dopo aver riportato a casa tutti i cani, compresa Minnie, Lennon entra nello studio del dottor Biasutti. Questa volta la segretaria lo riconosce, non si creano equivoci sul nome e, dopo una breve attesa, il dottore lo riceve.

– Va molto meglio, – gli dice Biasutti soddisfatto, dopo qualche domanda e una prima occhiata; l'ascesso si è riassorbito completamente ed è contento di sentire che grazie all'antibiotico e al cortisone anche il nervo trigemino non è più infiammato e non gli ha più causato dolore. Quindi il dottore spiega a Lennon che sarà necessario fare un'anestesia locale, devitalizzare il dente, fare un'otturazione provvisoria e rivedersi poi, dopo una settimana, per quella definitiva.

Alla fine del lavoro, che dura circa un'ora, mentre il dottore si lava le mani e l'infermiera va nell'altra stanza a sterilizzare gli strumenti, finalmente Lennon trova l'occasione e il coraggio di scusarsi per la fuga precipitosa di stamattina al bar.

Il dottore sa già cosa è successo, perché anche la segretaria ha sentito la notizia al giornale-radio del mattino e sua moglie gli ha telefonato dopo aver visto il telegiornale delle dieci.

– Capisco benissimo – tranquillizza Lennon – come dovevi sentirti stamattina. Non mi sono affatto offeso, mi sono solo preoccupato, ti si leggeva in faccia che c'era qualcosa che non andava. Non potevo certo immaginare una cosa così, però!

– Povera Gaia, non mi sembra neanche vero – risponde il ragazzo, pensieroso.

– Tu la conoscevi bene, vero?

– Sì, abbastanza. Beh, per modo di dire, ero solo il suo dog-sitter; diciamo che conoscevo bene il suo cane, più che lei.

– Non doveva essere facile, come datrice di lavoro, vero? L'affabilità e la simpatia non erano certo il suo forte, per quanto ne so.

– In effetti ero sempre un po' in imbarazzo con lei, non so, non mi sentivo mai a mio agio, però non posso dire niente, è sempre stata gentile e generosa con me. Forse perché aveva capito che volevo bene a Ludwig e poteva fidarsi.
– Dev'essere stato un grosso choc per te, stanotte. Adesso ti senti un po' meglio?
– Sì, sto un po' meglio, grazie. Sono passato a trovare Irene, cioè, scusi, la dottoressa Zucchi e abbiamo chiacchierato un po', mi sono sfogato.
Lennon fa una pausa brevissima trattenendo il fiato e in quella frazione di secondo si domanda se sia il caso di buttare lì una frase e vedere la reazione del dottore, sperando di vederci più chiaro, o se invece sia meglio lasciar perdere e farsi i fatti suoi. Ma la curiosità ha subito la meglio.
– Anche Nando è stato molto gentile, stamattina. Mi ha offerto un caffè in portineria da lui e mi ha lasciato sfogare per più di mezzora. È un vero amico, quel ragazzo.
– Ah, sei amico del nostro portinaio? Non lo sapevo. Hai ragione, è una brava persona.
Nessuna reazione. Una semplice risposta cortese, con tono casuale, che rispecchia perfettamente il carattere del dottore, ma niente di più. Lennon non sa se esserne deluso o sollevato. «In fondo, cosa speravo che mi rispondesse, di diverso? – si chiede – Ho capito male di sicuro, il dottore non sembra affatto gay. È sposato, ha due figli, solo per una stupida frase su delle stupide tende, che non ho neanche sentito bene, che cosa mi sono messo in testa?».
– Sì, da tanti anni. È stato il mio primo amico, quando sono arrivato qui.
– Ah, bene – conclude Biasutti con un sorriso. Poi aggiunge, cambiando argomento: – Noi ci vediamo tra una settimana, ma naturalmente, se avessi male o qualunque problema al dente, chiamami e vieni prima. Non mangiare niente per almeno un'ora e mi raccomando, attento a non morderti la lingua, finché non passa l'effetto dell'anestesia.

– Grazie di tutto, dottore, prendo appuntamento con la sua segretaria.
– Senti, a proposito di Nando, – butta lì, con tono sempre casuale il dottore, prima di congedarlo, – ieri l'ho incontrato nel pomeriggio e mi è sembrato molto nervoso. Stamattina stava meglio?
– Sì, direi di sì – risponde Lennon con aria incuriosita.
– Ne sono contento.
Lennon esce dallo studio chiedendosi se il velo di tristezza in fondo agli occhi del dottore mentre pronunciava quell'ultima frase fosse reale o fosse soltanto il frutto della sua fantasia e delle sue sciocche elucubrazioni sulle nuove tende della portineria.

***

Sta meglio, si ripete poco dopo Ernesto Biasutti, camminando su e giù per lo studio, dopo aver congedato l'infermiera e la segretaria per la pausa pranzo. Sono contento, che si sia dato pace. Adesso però non vorrà più neanche parlarmi. Ha ragione a essere arrabbiato, sono stato così duro e ingiusto; gli ho attribuito la colpa di tutto, l'ho anche umiliato, accecato com'ero dalla paura. Che ironia, se avessi aspettato un solo giorno in più, tutto si sarebbe risolto da sé. Invece adesso non si può tornare indietro e non ha senso andare avanti.
Maledetta Santa Margherita e maledetto convegno e maledetto compleanno di Nando!
Sì, ma chi poteva pensare a una sfortuna così cieca?
I torinesi vanno tutti ad Alassio, pensa il dottore con stizza, tranne qualcuno più snob degli snob, che preferisce Varigotti; Santa Margherita è un posto da milanesi. Tra gennaio e febbraio, poi, si trasforma in un fantasma di città.
È il suo momento d'oro, per la verità: spento il rumore assordante dei motorini, spente le luci tristi dei locali pseudo-alla moda, spento il chiacchiericcio forzato e di maniera degli avventori estivi, Santa Margherita riconquista il suo fascino

essenziale proprio in certi fine settimana invernali, bagnati dalla pioggia lenta e consueta che risveglia gli odori del bosco; giorni silenziosi e malinconici, su quel suo mare che ha l'aspetto di un rassicurante lago.
Proprio come quel malcapitato week end in cui il compleanno di Nando coincideva con il pellegrinaggio a Loreto di sua moglie e con il congresso di implantologia al Grand Hotel Miramare, l'albergo più carico di storia e di *charme* della cittadina ligure. Era sembrata un'idea fantastica al dottore iscriversi al convegno e regalare il soggiorno al Miramare anche a Nando, naturalmente prenotando camere separate e facendosi promettere di fingersi estranei in presenza di chiunque.
Il sabato sera, per festeggiare il suo compleanno, l'aveva portato a Portofino, verso le dieci e mezza, quando aveva smesso di piovere, a prendere il Paciugo, il famoso gelato locale, da Mariuccia, in piazzetta, l'unico bar stoicamente aperto anche a gennaio. Nando sembrava un bambino felice, affondato in quella coppa fuori misura e fuori stagione, con un sorriso che gli occupava tutta la faccia sotto due baffi di panna e amarena e gli occhi che sprizzavano allegria. Il dottore lo guardava divorare il gelato come fosse il primo della sua vita, sorseggiando un Irish Coffee, ben più adatto al clima.
Avevano poi passeggiato un po', percorrendo la Calata Marconi, con l'unica compagnia di due germani reali dondolanti sull'acqua e di un gatto pescatore. Il borgo era tutto buio, all'infuori di poche finestre illuminate nelle case affacciate al porticciolo. Solo una villa sul monte, poco a destra della chiesa, sembrava animata. Si erano chiesti ridendo se non fosse quella della famosa contessa suicida e se non fosse il suo fantasma ad abitarla ancora.
Avevano percorso il molo Umberto I fino in fondo, oltre lo Strainer, che ovviamente era chiuso e deserto e si erano fermati sullo scivolo a mare alla fine della strada per un bacio furtivo, guardando le barche che dondolavano cigolando mollemente nel loro umido letargo invernale.

Erano poi tornati lentamente verso il parcheggio, del tutto ignari del fatto che il destino avesse scelto proprio quella sera e quel luogo per giocare loro uno dei suoi tiri mancini. Mentre ancora si tenevano per mano, sicuri di essere completamente soli, era comparsa all'improvviso di fronte a loro, sbucando dal vicolo che porta alla chiesa e alla villa illuminata a festa, Gaia Armandi, col suo passo deciso e la sua bellezza prepotente.
– Biasutti! Ma dài! Cosa ci fai qui?
– Ciao Gaia – il dottore era interdetto e si vedeva – un convegno. Tu?
– Ho casa a Santa Margherita, stasera ero qui a casa di amici – aveva lasciato cadere la frase, con un gesto vago a indicare il monte e la villa. – Mi scusi – aveva aggiunto, tendendo la mano e scrutando nel buio la faccia di Nando – certo, dottore, che potresti essere un po' più cavaliere e presentarmi al tuo... collega? Sono Gaia Armandi.
– Ferdinando Greco.
Nando le aveva stretto la mano con fare deciso e pronunciato il suo nome senza la minima esitazione nella voce, con un largo sorriso, fissando lo sguardo negli occhi di Gaia senza traccia di imbarazzo.
Quella notte era stata l'inizio dell'inferno.
– Perché le hai detto il tuo nome? Potevi inventarne uno a caso, no?
– Io non mi vergogno del mio nome, Ernesto.
– Cosa c'entra? Non è questo, è che se capisce chi sei e lo dice a mia moglie, sono finito.
– Perché? È un nome da portinaio? Un tuo collega non può chiamarsi così?
– Ma perché dici idiozie? Cosa c'entra il nome da portinaio? Non mettermi in bocca cose che non ho detto! Non hai visto come ti guardava? Quella è un'arpia e ti ha riconosciuto. In più le hai detto come ti chiami, ci mette un attimo a fare due più due!
– Ernesto, mi sa che sei tu a dire idiozie! Basta che venga una volta nel tuo studio e mi veda in portineria, che il due più due è

fatto, se non l'ha già fatto stasera. E come le ho detto di chiamarmi non cambia proprio niente!
– Sono rovinato. Lo capisci? Sono rovinato!
– Ma dài, non farla più grossa di quello che è. È una donna di mondo, cosa vuoi che gliene ne freghi, anche se ha capito qualcosa!
– Ti dico che sono rovinato. Quella non è una donna di mondo, è una iena.

Aveva avuto ragione lui: in poco più di un mese, Gaia ha fatto in tempo a portarlo allo sfinimento. Purtroppo *Torino è piccola* e tutti frequentano gli stessi giri; la giornalista non aveva perso occasione per lanciargli frecciatine sempre meno velate a ogni incontro e di fronte a chiunque. O almeno così, all'inizio, era parso a lui: la coda di paglia fa brutti scherzi, si dice, ripensandoci. Gaia deve aver notato quanto pativa e pur non avendo alcun interesse alle sue vicende personali, ci ha giocato come il gatto con il topo, per puro divertimento, forse. L'altro giorno, quando perfino davanti alla segretaria (che oltretutto è figlia di una delle protette di sua moglie) l'ha preso in giro per le tende, che in effetti aveva regalato lui a Nando come ricordo del loro week end, la paura ha preso definitivamente il sopravvento.
Nella pausa-pranzo di ieri, dopo una notte passata a pensarci, Ernesto è sceso come sempre in portineria, l'unico luogo che per anni ha custodito e protetto il loro amore segreto e ha lasciato definitivamente Nando. Per riuscire in quel sofferto intento gli ha dovuto dire cose orribili, andando al di là del perdonabile, in modo da avere la certezza di aver distrutto tutto così bene da rendere impossibile tornare indietro.
Gli è sembrato che, mentre ascoltava, il suo bel ragazzo diventasse sempre più piccolo e curvo sotto il peso delle sue parole. Non aveva mai aperto bocca, Nando; solo alla fine, in uno scatto di orgoglio, gli aveva risposto, con voce piatta, fissandolo dritto negli occhi:
– Fuori di qui. Fuori da casa mia. Codardo.

5. Giovedì, 23 febbraio 2012

– Quello di via Germagnano è un vecchio canile e le strutture sono in parte fatiscenti – spiega Costanza a Lennon durante il tragitto in macchina. Lei ci è abituata, va sovente al canile sanitario di Torino, ma sa bene che entrarci per la prima volta è un'esperienza che lascia il segno. – Ma i volontari sono gran brave persone – dice al ragazzo – e ai cani non interessa tanto vivere in un bel posto, l'importante per loro è sentirsi amati e qui, nei limiti del possibile, lo sono.

Vengono accolti da Massimo, un bel ragazzo bruno sulla trentina, che ispira immediata simpatia a Lennon. Il volontario li guida fino all'edificio principale, che ospita le stanze del gattile, il canile sanitario e i box di isolamento.

È proprio verso questi ultimi che si dirigono, attraversando uno squallido corridoio dal pavimento dissestato in mattonelle ottagonali di cotto.

Si udirebbe il rimbombo dei loro passi, se il fragore di guaiti e latrati provenienti dalle due lunghe file di box ai lati del corridoio non coprisse ogni altro suono.

In fondo al corridoio, oltre una porta metallica, ecco i box di isolamento.

Mentre si avvicina, Lennon tende le orecchie con il cuore in gola, cercando di riconoscere, tra le tante, la voce di Ludwig, ma non la sente.

– Come sta, povero cane? – sta chiedendo Costanza a Massimo.

– Lo vedrai. Non bene. Fa una gran pena, ma non sappiamo proprio come aiutarlo.

– Ieri al telefono mi sei parso preoccupato, ha finalmente mangiato stamattina?

– No. Sta rintanato nella cuccia, non si lascia avvicinare da

nessuno e non tocca cibo da quando è arrivato. Elena ieri ci ha provato tutto il pomeriggio, ma non c'è stato verso. Non è aggressivo, se non provi a toccarlo, ma non reagisce a niente. Eccolo, siamo arrivati.
Ci impiegano un attimo a mettere a fuoco, attraverso lo sportello della porta, l'ombra nera accartocciata su se stessa, sulla cuccia al fondo del box. Ludwig sembra diventato più piccolo di quel che è effettivamente e non ha più niente di maestoso, apparentemente non sembra neanche essersi accorto della loro presenza.
– Ludwig, amico mio, vieni qui! – esclama Lennon. Ma il cane non accenna neanche al più piccolo movimento.
– Entriamo? – chiede Lennon impaziente, vedendo che Massimo non sembra intenzionato ad aprire la porta.
– Non si può. È in isolamento, può entrare solo personale qualificato.
– Per favore, fammi entrare. Io posso aiutarlo.
– Davvero, non posso. Mi dispiace.
Lennon si accuccia sulle gambe, infila una mano sotto la porta, chiama ancora il cane, senza risultato.
– Non si può fare un'eccezione? Ci siamo qua noi. Il ragazzo ci sa fare con i cani e Ludwig lo conosce meglio di chiunque altro. Magari può far qualcosa davvero. Fai entrare solo lui – cerca di intercedere Costanza.
– E va bene. Cinque minuti però. – Massimo, dopo qualche insistenza, si lascia convincere: – E non fai imprudenze, d'accordo? Se no poi ci vado di mezzo io.
– Sì sì, d'accordo. Grazie!
Lennon fa qualche passo silenzioso verso il cane, poi si siede per terra, di fronte alla cuccia. Adesso che è più vicino vede che Ludwig lo segue con gli occhi e ha drizzato di poco le orecchie.
– Dài, vieni, annusami – fa uno schiocco ritmato con la lingua, lo stesso che usa con i cani durante le passeggiate e finalmente, dopo qualche tentativo, succede l'insperato: il corto moncone di coda comincia impercettibilmente a muoversi su e giù.
– Sì! Sì! Sono io, fidati, dài, vieni qui! – c'è tutta la sua emozione,

nella voce strozzata di Lennon, che però riesce a mantenere basso e calmo il tono.
Sono passati ben più di cinque minuti, ma né Massimo né Costanza parlano: sono fermi immobili al di là della porta, attenti a non fare il più piccolo rumore.
Lennon continua a parlare con Ludwig a voce bassa, con il palmo della mano sporto verso di lui. Con movimenti lentissimi, sfila dalla tasca della felpa il suo gioco preferito, un nodo di corda intrecciata e lo fa rotolare delicatamente verso la cuccia. Il cane strisciando si sporge ad annusarlo, adesso scodinzola deciso.
– Bravo Ludwig, dammelo!
Il cane prende in bocca il gioco e sta fermo fissando Lennon per un lungo momento, poi si alza dalla cuccia, si avvicina al ragazzo, gli si siede di fronte e gli appoggia la testa contro il petto, spingendo forte, in quello che da sempre, nel suo codice, è il massimo segno di affetto. Rimangono così finché Massimo richiama la loro attenzione con un colpetto di tosse.
Lennon promette a Ludwig che lo porterà fuori di lì il più in fretta possibile e il cane sembra capire e sembra credergli. Per ringraziarlo, saluta il suo amico con un'altra testata affettuosa sulla pancia, poi i tre ripercorrono il corridoio mentre lo Schnauzer si rifà piccolo piccolo sulla sua cuccia. Questa volta Costanza e Lennon si fermano a salutare alcuni degli ospiti, cani di ogni taglia e di ogni colore, timidi o socievoli, tutti però accomunati dalla stessa sorte a dallo stesso sguardo.
Costanza e Lennon non parlano quasi in macchina; ascoltano il rumore ritmico del tergicristallo, persi nei loro pensieri. La strada e le case intorno a loro sono solo ombre nel muro d'acqua che scende incessante da stamattina presto. Ogni tanto un ombrello di qualche passante che attraversa infreddolito rompe con i suoi colori la monotonia del grigio, catturando la loro attenzione.
– Sono quasi le due – nota Costanza, guardando l'orologio sul cruscotto – siamo stati lì quasi un'ora, ma è volata, non me ne

ero resa conto. Se ti accontenti di una fetta di formaggio e un'insalata, potremmo mangiare un boccone da me.
– Sì, grazie, mi farebbe davvero piacere. Magari insieme escogitiamo il sistema di tirarlo fuori di lì!

***

– Capo, ho trovato l'intestatario del numero di telefono. Ma è molto strano.
– Cioè? Cosa è strano?
– È un tal Fisnik Porja, albanese.
– Albanese? E che rapporti aveva con Gaia Armandi?
– Credo proprio nessuno, capo. È in galera da due anni per rapina. Solo che la SIM è stata acquistata a suo nome dieci mesi fa. E noi siamo al punto di partenza. Ecco i tabulati e i testi dei messaggi.
L'ispettore Laganà appoggia sulla scrivania, già ingombra di carte, il sottile plico di fogli e lo sporge verso il commissario:
– Non che dicano granché, comunque.
– Fammi vedere.
Geraci sfoglia rapido le pagine, si sofferma un attimo sui messaggi, concentrato e accigliato, poi allontana i fogli con un gesto brusco.
– Ci dicono sì, altroché! Chiunque sia, telefonava e mandava messaggi solo a lei! Di sicuro è qualcuno che non voleva farsi beccare ad avere contatti con Gaia Armandi. Ma perché? Banalmente un amante? Dai messaggi non è scontato. Sono tutti molto abbottonati.
– Ha ragione, capo. D'altra parte se non sbaglio, anche nei tabulati della Armandi, non c'erano dichiarazioni d'amore per questo Duca. Però legga qui: «Va bene, appena finito ti raggiungo»; è di martedì sera, 21:32, coincide con il messaggio di Gaia!
– Sì, coincide. Dobbiamo trovare questo Duca. Come minimo è probabilmente l'ultima persona che ha visto Gaia viva. Senti un po', c'entrerà qualcosa con quel suo vicino di casa? Principi,

duchi..., insomma sempre la stessa roba è! Andiamo a farci due chiacchiere, sentiamo quanti duchi conosce e intanto vedi un po' di capire quanti hanno il titolo di duca in città; saranno mica cinquecento, no?
– Senta, capo, magari è un'idea stupida, ma... Si ricorda di quel Carmine Nisticò che abbiamo messo dentro quasi un anno fa? E che poi era venuto fuori che era affiliato al Clan del Duca, quello che gestisce anche il giro di droga e il gioco d'azzardo in tutti i paesi della cintura? E se fosse quel duca lì?
– So benissimo chi è quel Duca! – taglia corto Geraci, scuotendo la testa con una risatina sarcastica – Ma cosa vuoi che abbia a che fare Gaia Armandi con un latitante che tutti cercano da anni! Che sciocchezza!
– E se per caso lei avesse avuto in mente una puntata sul gioco d'azzardo? O sulla droga? E fosse finita nei pasticci con i calabresi?
– Dunque, secondo te... Lei finisce nei pasticci con la 'Ndrangheta e il Duca in persona si prende una SIM apposta per telefonarle tutti i giorni per dieci mesi. E poi, già che c'è, va a strozzarla di notte sotto casa sua, dopo averle dato appuntamento con un messaggio. Ma non è un pericoloso latitante, questo, è un fesso!
– Ha ragione, capo, però... Qualcosa mi dice che 'sto Duca non è un duca qualunque. Poi senta, a proposito di giri di droga, e se c'entrasse la nostra amica?
– Ecco appunto. Questa è un'idea più sensata. Non dimentichiamoci che è stata proprio Gaia a segnalarcela. Una vendetta ci starebbe. A che punto siamo?
– Purtroppo non siamo ancora riusciti a beccarla sul fatto. È furba, quella, molto furba.
– Vediamo di muoverci! Forzate un po' la mano, inventatevi qualcosa, ma sbrigatevi! La voglio dentro in quarantott'ore!
Geraci ha cambiato faccia, le guance gli si sono accese e negli occhi ha una luce crudele. Laganà non si stupisce, conosce la reazione del commissario, quando si tratta di spacciatori; questa

poi pare sia specializzata nel fornire la roba ai ragazzotti sciocchi e figli di papà del quartiere, oltre che, se capita, ai papà stessi. Anche l'ispettore prova un sottile gusto all'idea di metterla dentro e buttare la chiave. Senza contare che è così ben mascherata dietro la sua parvenza da donna qualunque, che senza la soffiata della Armandi, non ci sarebbero mai arrivati e questo ne fa un'indiziata con i fiocchi; alla faccia del Duca, chiunque sia.

***

– Ah bene, allora ti aspettiamo per mangiare? Siamo appena arrivati anche noi – Costanza parla con il marito tenendo il telefono tra orecchio e spalla, mentre affetta veloce i pomodori per l'insalata.

– Sì, sì, va bene, non volevo farti fretta, facciamo così, noi cominciamo e tu arrivi quando riesci. Tanto è solo uno spuntino freddo, non ho fatto a tempo a fare altro.

– Può darsi che ci raggiunga Guido, tra un po' – dice poi, rivolta a Lennon. – Per una volta si è fatto furbo e viene a casa a un'ora decente a riposarsi un po'. A momenti con 'sta storia di quella poveretta è stato in piedi ventiquattr'ore consecutive! E stanotte ha dormito malissimo, sai quando uno è troppo stanco e non riesce a chiudere occhio.

– Sono contento di salutarlo, se arriva. Certo che non cambierà mai, eh? Sempre a farsi in quattro per il suo lavoro e per tutti. Aspetta, ti do una mano io, a tagliare il pane.

– Grazie, tieni, qui c'è il tagliere.

Si siedono poi al tavolo del salotto-sala da pranzo, Costanza ha proposto una birra fresca, ci vuole proprio dopo le emozioni della visita al canile. La bevono, spalmando sul pane la strepitosa 'nduja fatta dalla madre dell'ispettore Laganà, nell'attesa che le uova si rassodino.

– Sai che sei proprio in gamba con i cani? Oggi sei stato bravissimo, con Ludwig.

– Ma è stato facile, mi conosce, siamo amici. È solo che era

spaventato e dei volontari non si fidava, mentre di me sì. Non è bravura.
– Certo, è stato più facile perché si fidava già di te, ma ci sai fare e si vedeva. Lasciatelo dire da me, che un po' me ne intendo, è come se ti venisse naturale parlare la loro lingua. L'ha notato anche Massimo, anzi ha detto che dovrei convincerti ad andare qualche volta a dare una mano al canile.
– Ma sì, qualche volta potrei farlo. Che pena, tutti quei cani. Non mi toglierò più dalla mente quel corridoio e quel pianto! Continuo a risentirlo...
– Fa sempre effetto, quando si entra per la prima volta in un canile, lo so. Poi ci si abitua. Anche i cani si abituano, pian piano, trovano una loro routine, si affezionano ai volontari. È molto triste, alcuni passano tutta la loro vita lì.
– A me è rimasta impressa quella mamma con tutti quei cuccioli che ha partorito lì dentro. Che belli che erano! Non ce n'era uno uguale a un altro, anche se erano fratelli. – Lennon riflette un secondo, poi riprende: – Che strana che è la natura; noi uomini, invece, più o meno siamo tutti uguali.
– Ma vah! È che sui cani le differenze saltano di più all'occhio: prendi un cane col pelo nero e uno col pelo fulvo: anche se sono della stessa razza sembrano comunque diversissimi. Ben più di un biondo e un bruno. Pensa a Guido e a suo fratello, per esempio.
Costanza indica sullo scaffale del mobile da sacrestia, che occupa l'intera parete dietro di loro, una vecchia fotografia incorniciata, seminascosta tra i libri.
Accanto a un adolescente biondo e minuto, Lennon riconosce un giovane e atletico Geraci, benché all'epoca avesse una gran massa di capelli neri di cui ora resta solo un ricordo nella cortissima zazzera sale e pepe, sempre accuratamente rasata.
– Il commissario ha un fratello? Non ne avevo idea!
– Davvero non lo sapevi?
– No, non mi ha mai detto niente – Lennon posa la birra e si fa più attento.

– Pensavo che te l'avesse raccontato. Dice sempre che tu glielo ricordi tanto... – Costanza gli sorride affettuosa – È morto tanti anni fa, quand'erano ancora due ragazzi. Però, se non te ne ha mai parlato, non dirgli che lo sai.
– Non gli dico niente, figurati. Ma cos'è successo?
Lennon si alza e si avvicina al mobile, per osservare la fotografia più da vicino.
– È morto di overdose, dopo una serata in un locale.
– Come overdose?!
– Già, era davvero molto diverso da suo fratello... – Costanza scuote la testa – Sai, era il più piccolo, viziatissimo da tutti e nonostante con Guido fossero molto legati, credo avesse preso proprio una brutta strada.
– Ma nessuno se ne è mai accorto?
– Cosa vuoi... Non studiava e litigava con il padre. A un certo punto se ne è andato a Londra, dove faceva il barista e suonava la chitarra in un gruppo. Vai a sapere che vita faceva.
Lennon annuisce, in parte si rivede nella descrizione di Costanza, anche se a lui la droga proprio non è mai interessata.
– Pare avessero ottenuto un contratto per suonare in un locale famoso – prosegue Costanza – ma la sera del primo concerto deve aver festeggiato troppo. L'hanno trovato i suoi compagni morto nel letto, la mattina dopo.
– Che cosa orribile! Poveretto... E povero commissario!
– Sì – risponde dopo un attimo Costanza e nei suoi occhi Lennon legge tutto l'immenso affetto della donna verso il marito – non si è mai dato pace. Avevano sei anni di differenza e Guido lo aveva un po' allevato. Non ha mai accettato l'idea che suo fratello fosse un drogato, forse perché non si è mai perdonato di non aver capito in tempo e non aver fatto niente.
– Ecco perché ce l'ha tanto con gli spacciatori e con la droga. Adesso capisco!
– Proprio così. – Costanza annuisce, pensierosa, poi sgrana gli occhi e si alza di scatto – Uh, le uova! Me le sono dimenticate, saranno diventate verdi dentro; è una vita che bollono!

Lennon finisce la sua birra spalmando un ultimo boccone di pane con la 'nduja. «Il commissario – pensa – è proprio come quei cani dall'aspetto minaccioso, che dentro invece sono buoni come il pane. Come Ludwig, insomma».

***

Jole Sandrelli stamattina ha preso il caffè al bar, un lusso che si concede raramente, non perché gli affari le vadano male, ma per la parsimonia atavica di non sprecare un euro per bere una cosa che, in fondo, la sua vecchia caffettiera fa ancora egregiamente. Stamattina, però, aveva un gran sonno e non c'è niente da fare, l'espresso sveglia di più del caffè della napoletana, perciò, messa da parte l'avarizia, è entrata al Bar Blu, anche con la speranza di orecchiare qualche commento sulla morte della giornalista.
Poi, contrariata dal fatto che nessuno ne stesse parlando, zoppicando più vistosamente del solito, ha percorso i pochi metri che la separavano dalla sua libreria; nell'alzare la serranda si è guardata intorno furtiva e, una volta dentro il negozio, rapida ha richiuso la porta alle spalle, ha bagnato le sue piantine, tagliato meticolosamente tutte le foglie secche, messo a posto un po' di carte rimaste in disordine dal giorno prima. Quasi subito, però, lo squillo del cellulare l'ha interrotta.
– Stai tranquillo, libri di filosofia ne ho quanti ne vuoi. Lo sai che ne ho sempre per te.
– Mi servirebbero per stasera. Non ho più niente da leggere.
– Passa a prenderli oggi quando vuoi, così facciamo due chiacchiere: non ci siamo più visti da quando è morta la tua vicina. Hai avuto noie?
– No, almeno per adesso tutto tranquillo. E i tuoi amici, li hai più visti?
– Sì sì, tutti i giorni, vanno e vengono.
– Non ho tanta voglia di incontrarli, mandami un messaggio quando non ci sono e arrivo.
– Sì, ti scrivo nel pomeriggio.

– Va bene, ciao, a più tardi.
Il principe Rajmondi, rasserenato, ha spostato il suo annoiato gatto dalla sua pancia e si è deciso a scendere dal letto. Nel frattempo, Jole ha posato il cellulare sulla scrivania, tirato fuori dal cassetto il mazzo di carte e ha cominciato uno dei suoi complicati solitari, che l'ha tenuta impegnata tutta la mattina. Ha poi mangiato il resto dell'arrosto di ieri direttamente dal cosiddetto *baracchino* che si è, come al solito, portata da casa e si è concentrata nella lettura di un libro di botanica sulle erbe officinali rare.
Ora, sono circa le quattro e mezza, la porta si apre facendo suonare il campanello; infastidita dal rumore, Jole dà un'occhiata torva in controluce al ragazzo che sta entrando e posa il libro, mettendo una matita tra le pagine per non perdere il segno.
– Ciao, Alberto, desideri?
– Un libro di storia.
– Uno solo? – chiede sarcastica al figlio del noto chirurgo estetico, che conosce fin da bambino, sollevando un sopracciglio.
– Sì. Non ho molto da spendere.
– Già, la cultura costa! – ridacchia Jole salendo faticosamente la scala del soppalco: – Un secondo, te lo prendo e te lo incarto.
– Che idiota – sibila schifata dopo che il ragazzo è uscito, con il suo libricino incartato sotto braccio, risedendosi alla scrivania e annusando voluttuosamente il profumo di cuoio e carta antica che emana dal volume di botanica.
Purtroppo per lei, riprende subito la lettura concentrata e non si accorge di quello che sta succedendo poco al di là della sua porta.

***

– Ciao! Ma non avete ancora mangiato?
– No, ci siamo messi a chiacchierare con una birra e la 'nduja di Laganà e ci è passato il tempo. Ho anche dimenticato le uova sul fuoco!
– E di cosa parlavate di così interessante?

– Niente di che. Di cani e di canili.
– E di Ludwig, commissario!
– Povero cane, l'avete visto? Come sta?
– Male! Bisogna far qualcosa, Guido.
– Te l'ho già detto, Costanza, non si può far niente per adesso. Finché la madre e la sorella della Armandi non sono arrivate qui e non è definita la successione, deve rimanere al canile, a loro disposizione.
– Ma scusa, se loro fossero d'accordo, non potrebbe essere affidato provvisoriamente a qualcuno? Non è mica obbligatorio che stia in canile, no?
– Non è così facile. Ci vuole il loro permesso e il nulla osta del magistrato. Ed è stato accalappiato in quanto pericoloso. Bisogna che qualcuno sia disposto a tenerlo e a prendersene la responsabilità, finché la questione non sia definita.
– Facciamocelo affidare noi! A te il magistrato darebbe il nulla osta subito e Lennon potrebbe aiutarci a tenerlo.
– Sì! Certo che vi aiuterei, è un'ottima idea!
– Ma voi due siete matti! Ma vi rendete conto di che cane è? Io sono sempre via e tu hai già Ettore da guardare e da portare con te in negozio. Due cani maschi insieme poi! E quello è pure un gigante instabile!
– Ma no, commissario, quella sera era solo tanto spaventato. Ludwig è un cane buonissimo, mi creda. Lo conosco bene, lo so.
– Solo tanto spaventato? Cercava di azzannare tutti, altroché!
– Almeno proviamoci, no?
– Senti, Costanza, va bene amare i cani, va bene aiutare quelli sfortunati, ma non esageriamo! Ragiona, per favore: e se ci sbrana Ettore? Vuoi mettere in pericolo la vita del nostro cane per aiutarne un altro?
– Non lo sbranerebbe mai! – si intromette Lennon convinto – Sono amici, li ho portati fuori insieme tante volte.
– Un conto è fare una passeggiata, un conto è vivere insieme in una casa piccola. Prendere un cane è una responsabilità. Mi rifiuto di provare a tenerlo, per poi riportarlo al canile se non ci

riusciamo. Quella sì che sarebbe una vera cattiveria, povera bestia. Andatelo a trovare, tenetegli compagnia, ma lasciatelo dov'è, finché non si trova una soluzione intelligente e, possibilmente per lui, definitiva. Questa proprio non lo è.
– Ma Guido...
– Discorso chiuso, Costanza. Non se ne parla, quel cane qui non entra.
– Lei dia solo il nome, commissario, dica che lo tiene lei e invece me lo prendo io.
– Non si può, Lennon. Non è legale. Poi se capita qualunque cosa andiamo entrambi nelle grane.
– Ma non capita niente, glielo prometto!
– Non puoi prometterlo. Cosa ne sai? Se si ammala? Se ha un incidente mentre siete fuori? Se morde qualcuno? Anche solo se abbaia e i tuoi vicini si lamentano e chiamano i vigili? Può succedere qualunque cosa, anche se fai tutte le attenzioni di questa terra. No, è fuori questione.
Lennon abbassa lo sguardo sul piatto. Non ha torto, il commissario, pensa rattristato, è logico che non se la senta di prendersi Ludwig in casa e che non voglia fare cose illegali, però lui non può pensare di lasciarlo chiuso in quel box gelido e umido, povero Ludwig, abituato alla vita che faceva con Gaia e da un momento all'altro senza più la sua mamma e buttato lì come uno straccio inutile.
– Irene! – esclama poi, alzando di scatto la testa.
– Cosa Irene? – chiede Costanza, che nel frattempo era andata in cucina a prendere l'insalata e i formaggi.
– Ecco, forse lei è una soluzione più intelligente – il commissario ha afferrato al volo quello che Lennon sta pensando – è una veterinaria comportamentista e il magistrato non avrebbe motivo di opporsi, se i parenti della Armandi fossero d'accordo e lei accettasse di tenerlo in custodia provvisoriamente.
– Sì! Potrebbe tenerlo in studio di notte, se non vuole portarlo a casa, tanto è attrezzata, ha un box per le degenze. E di giorno la aiuterei io! È perfetto!

– Sarebbe perfetto solo se lei fosse d'accordo. Prima di tutto conviene chiederglielo.
– La chiamo subito!
– No, aspetta. Ti accompagno in ambulatorio da lei appena abbiamo finito di mangiare, così gliene parliamo di persona e, se è il caso, mi attivo. Tanto ho già capito che finché questa storia del cane non è risolta, voi due non mi date tregua. Poi però me le concedete due ore di riposo?
– Invecchi, ma in fin dei conti non cambi mai.
Costanza sorride al marito, uno di quei suoi sorrisi che sembra che le rida tutta la faccia, perfino il naso e le orecchie. Lui le sfiora la mano posata sul tavolo e le sorride di rimando, con tenerezza.
– Neanche tu, Costanza. Per fortuna.

***

Stanno ancora prendendo il caffè, quando squilla il cellulare del commissario, che si alza per rispondere, annunciando:
– Scommetto che è già Laganà...
E infatti, appena visualizzato il nome sullo schermo, si allontana verso il corridoio.
– Capo, sono arrivati i primi risultati dell'autopsia – l'ispettore va dritto al punto, senza preamboli; sa che il commissario non li ama.
– Ah bene, leggimeli un po'.
– Sì, aspetti... Ecco qui. Dunque: «*Cadavere di sesso femminile, età 44 anni...*».
– Sì, va beh, taglia Laganà: andiamo al sodo!
– Sì, capo: «*Causa del decesso: strozzamento meccanico manuale. L'ora della morte è da farsi risalire a circa due ore prima del ritrovamento del cadavere.*
Sul collo sono evidenti ecchimosi, dovute a violenta compressione esterna, che ha coinvolto anche le aree riflessogene del seno carotideo. Tale pressione ha determinato inoltre frattura dell'osso ioide.

Nella regione posteriore del collo si evidenzia una sottile lesione lacero-contusa da verosimile strappamento.
Non si rilevano impronte digitali ma sono stati rinvenuti, in prossimità della regione giugulare, alcune fibre di lana scura, il che fa presumere che la pressione sia stata esercitata da una mano guantata.
In regione occipitale è presente una lesione escoriata di circa 5 cm di lunghezza, con modesto versamento ematico, sui bordi della quale sono stati rinvenuti minuti frammenti di calce e pietrisco. Non si evidenziano segni di violenza sul cadavere.
Si prelevano e inviano al laboratorio: campioni di materiale organico reperiti in prossimità delle lesioni e sul viso del cadavere; fibre di lana; frammenti di calce e pietrisco».
– Basta così. Mi sembra chiaro. Più o meno dice quello che sapevamo già, solo in modo più complicato: l'hanno strozzata, ha battuto la testa contro il muraglione e le hanno strappato una collana – lo interrompe Geraci, un po' insofferente. – L'unica cosa interessante sono le fibre di lana e il materiale organico. Ci sono indicazioni di quando il laboratorio darà i risultati?
– No, capo, se vuole provo a chiamarli, ma dubito che sapranno dirci qualcosa di preciso prima di una ventina di giorni, come al solito.
– Va bene così, grazie Laganà. Mandami tutto via mail e me la vedo io, tanto devo parlare anche col magistrato.
Appena messo giù, Geraci guarda l'ora e torna verso il tavolo da pranzo.
– Forza Lennon, se vuoi che andiamo a parlare con Irene, dobbiamo farlo subito, che poi devo farne mille.

6. Venerdì, 24 febbraio 2012

«Ecco cosa ci facevano sempre qui, quei poliziotti in borghese!» pensa esterrefatto Lennon, leggendo i titoli all'edicola. Che storia! Prima di entrare al Bar Blu svolta un attimo in via Bonafous e si ferma a osservare i sigilli sulla serranda chiusa della libreria. E dire che ci sono entrato tante volte qui dentro, quando Jole mi chiedeva di aiutarla con gli scatoloni di libri scolastici da sistemare perché lei, così piccolina e con quella gamba, da sola non ce la faceva. Ma chi avrebbe mai pensato una cosa così.

Al bar sono tutti in fermento, Carlotta sta leggendo ad alta voce l'articolo sulla prima pagina della cronaca di Torino su *La Stampa*, mentre Irene e il dottor Biasutti la ascoltano con gli occhi sgranati:

PIAZZA VITTORIO, HASHISH TRA LE PAGINE DEI LIBRI

Arrestata ieri nel pomeriggio la libraia che «vendeva morte»

Dopo una lunga indagine, la polizia ha colto sul fatto Jole Sandrelli, 56 anni, proprietaria della storica libreria Il Leggio, in via Bonafous, quasi all'angolo con piazza Vittorio. La donna ora si trova nel carcere delle Vallette.

Ieri nel pomeriggio il figlio di un noto professionista è stato fermato all'uscita dalla libreria dagli agenti, che gli hanno sequestrato il libro appena acquistato: alcune pagine erano state rimosse per creare una sorta di tasca in cui era contenuto dell'hashish. Un sistema ingegnoso e collaudato per far uscire la sostanza senza destare sospetti, che ha tratto a lungo in inganno gli agenti appostati.

Durante la perquisizione in libreria sono stati sequestrati circa

300 grammi di hashish, 150 pastiglie di ecstasy, 18 ovuli da 50 grammi di cocaina pura, un barattolo di sostanza da taglio, un bilancino di precisione e un certo numero di libri tascabili svuotati e preparati per fungere da contenitore.
Resta un mistero la figura della libraia: una donna all'apparenza dolce e mansueta, che conduceva una vita morigerata, anche a detta dei vicini, che la conoscevano da anni e si dicharano increduli. Era invece il punto di riferimento per rampolli alla ricerca dello sballo, quasi come se rifornirsi da lei fosse uno status symbol per una «certa» Torino.
Sembra che all'indagine avesse collaborato anche Gaia Armandi, la giornalista uccisa brutalmente quattro giorni fa.
Il commissario Geraci, responsabile dell'operazione, che si dice soddisfatto per aver assicurato alla giustizia quella che definisce una venditrice di morte, per ora preferisce non fare commenti su un eventuale coinvolgimento della libraia nell'omicidio della Armandi, anche se non esclude possibili indagini in tal senso.

– Ma pensa te, questa! – commenta Carlotta posando il giornale – con tutte le sue arie da brava donnina e invece... Hai capito la zoppetta!?
– Sembrava una signora così per bene! – le fa eco Biasutti
– Ma è sempre così, no? Chissà cos'è 'sta storia della Armandi, però. Magari è stata lei davvero – Irene è soddisfatta di sapere che la Polizia ha un sospetto che mette a tacere i dubbi su Lennon.
– Ma dài, chc idiozia! Ve la vedete la libraia a strozzare la Armandi e poi scappare di corsa dal cane inferocito? Senza contare che, alta com'era Gaia, avrebbe dovuto saltare per arrivarle al collo!
– Già, non ci avevo pensato... il tuo sarcasmo a volte è illuminante, Carlotta.
– Potrebbe sempre aver assoldato qualcuno. O avere un complice – chiude, logico, Biasutti. Meglio pensare che sia stata lei, piuttosto che qualcun altro, pensa tra sé, uscendo dal bar.
– Tu dici che potrebbe davvero c'entrare la libraia? – chiede

Carlotta a Irene, rigirando assorta la tazza sul piattino, dopo che il dottore se ne è andato.
– Che ne so? Potrebbe. A me basta che non dicano che è stato Lennon, perché lì mi arrabbio davvero.
– Eh... Anche a me farebbe comodo, la libraia.
– Cosa vuol dire che ti farebbe comodo?
– Se è stata lei, non è stato qualcun altro.
– Chi altro? Cosa stai dicendo?
– Ma nessuno. È che... E va bene te lo dico. Lo stronzo era suo vicino di casa no? E se sospettassero di lui?
– Ma figurati, perché dovrebbero? Si conoscevano appena, non c'è motivo perché sospettino di lui.
– Eh, insomma, più o meno. Metti che salti fuori qualcosa, qualche contatto che può sembrare strano... Banali rapporti tra vicini, che però, visti dal di fuori, cioè, hai capito, non si sa mai cosa si mette in testa la Polizia in questi casi, no?
– Ma dài, Carlotta! Va bene che lo stronzo è stronzo, ma da lì a pensare che l'abbia fatta fuori solo perché erano vicini di casa e magari ci è scappato un caffè o due parole per le scale... Non essere assurda!
– Hai ragione, forse esagero. Però questa storia mi agita e se tirassero fuori che è stata la libraia a strozzarla zoppicando, io sarei contenta, ecco.

***

Alle undici del mattino il principe Rajmondi, in giacca da camera, seduto in poltrona nella veranda che guarda il giardino, sta bevendo un caffè nero e mangiando un toast imburrato con la marmellata di arance amare. Nel frattempo accarezza la schiena del suo gatto Blu di Russia, che lo ripaga con sonore fusa e facendosi le unghie sul piccolo plaid di cachemire appoggiato sulle sue gambe allo scopo di proteggere i pantaloni di vigogna dalle unghiate.
Il suono insistente del campanello mette in allarme entrambi e

il gatto , non amando per nulla la compagnia di estranei, taglia la corda in un balzo: scelta azzeccata, dal momento che questi estranei, come scopre il Principe poco dopo aver aperto la porta, sono poliziotti intenzionati a mettere a soqquadro tutta la casa.
– Jole Sandrelli? Certo che la conosco, vado sempre a comprare libri da lei.
– E non solo libri.
– Cosa intende, commissario? Cos'altro si compra in libreria?
– Questo dovrebbe dirmelo lei. È al corrente del fatto che la signora Sandrelli è stata arrestata ieri?
– Arrestata?
Rajmondi ne è al corrente, sì: ieri nel tardo pomeriggio, non avendo più ricevuto alcun messaggio da Jole, si è deciso ad andare da lei, ma arrivato in piazza Vittorio ha visto il trambusto di agenti che andavano e venivano e a scanso di guai, si è tenuto alla larga.
– Non ne avevo idea, per quale motivo? – risponde invece, cercando di suonare indifferente.
– Spaccio di stupefacenti.
– Che brutta storia. Ma perché venite a dirlo a me?
– Perché, sfortunatamente per lei, i tabulati telefonici della signora Sandrelli parlano abbastanza chiaro e il confronto con l'agendina che le abbiamo sequestrato ci ha raccontato il resto. Ecco l'avviso di garanzia a suo carico e l'ordine di perquisizione. Lei ha il diritto di chiamare il suo difensore di fiducia, se crede.
– Avviso di garanzia? Perquisizione? Avvocato di fiducia? Ma che bisogno c'è di tutto questo?
– Legga l'avviso di garanzia. Dpr 9 ottobre 1990 n. 309 articolo 73. In parole povere, lei è sospettato di essere complice o fornitore della signora Sandrelli.
– E va bene, commissario, ogni tanto un po' di cocaina ammetto che l'ho presa, cosa vuole, in un certo ambiente... Ma niente di più, le assicuro. Ero un semplice cliente della Sandrelli, altro che complice. Tutto questo non ha senso!
– Lo vedremo. Ha delle sostanze stupefacenti in casa in questo momento? Se sì, le consiglio di consegnarcele.

– Sì, ne ho, ecco, tenga, ma finiamola qui.
Al Principe tremano le mani mentre apre la scatola d'argento che contiene una busta trasparente con una piccola quantità di polvere bianca, che il commissario consegna a un agente, chiedendogli di scrivere nel verbale che è stata consegnata spontaneamente dall'indagato. Ma se il Principe spera di scongiurare così la perquisizione, si sbaglia di grosso.
– Commissario, le ho consegnato la cocaina, non ho fatto resistenza, ammetto di essere stato cliente della Sandrelli, cosa volete di più? – Poi abbassa la voce, insinuante: – Vediamo di trovare un sistema per evitare la perquisizione... dotto', lei mi capisce, nella mia posizione, lo sputtanamento... Mi dica cosa posso fare per venirvi incontro.
– Facciamo così, Principe, fingerò di non aver sentito l'ultima frase. Le consiglio di chiamare il suo avvocato di fiducia e dirgli di venire con urgenza. Per ora la smetta di parlare e si faccia da parte, noi cominciamo – risponde secco Geraci. Poi, rivolto ai suoi uomini: – Potete procedere.
Mezz'ora dopo l'appartamento del Principe è già irriconoscibile, mobili spostati, cassetti aperti con il relativo contenuto sparso ovunque, cuscini sventrati, ma di sostanze sospette neanche l'ombra. Dalla libreria vengono sequestrati tre o quattro libri svuotati con il solito sistema della libraia, che però al momento non contengono nulla al loro interno. Il Principe osserva la scena in silenzio, affondato in quel che resta della sua poltrona preferita; ha chiamato un suo conoscente avvocato, che ha promesso di arrivare appena possibile, ma essendo al momento in udienza, teme sarà cosa lunga. La domestica, allibita, se ne sta in cucina, anche lei seduta in silenzio a guardare attonita lo scempio dei barattoli e delle confezioni di pasta e riso, in corso in questo istante.
Geraci, dopo aver dato disposizioni ai suoi uomini, decide che è il momento di fare due chiacchiere con il Principe, riguardo alle sue conoscenze aristocratiche.
– Splendido, il suo anello. Sembra antico, è lo stemma di famiglia, vero?

L'ispettore Laganà, che stava per uscire dalla stanza, cambia idea e fingendo di controllare nuovamente i cassetti del comò a mezzaluna, drizza le orecchie.
– Grazie, sì, esatto – Rajmondi si guarda la mano e fa girare su se stesso il pesante anello in oro con placca di diaspro su cui è inciso un complicato cartiglio.
– Mi dica Principe, – prosegue il commissario, incalzante – lei conosce molte persone nobili, vero?
– Uh, che brutto termine! Sì, comunque, ne conosco parecchie, perché me lo chiede?
– Così... Curiosità mia. Ma cos'è più frequente: il titolo di principe, di duca o di conte?
– Ah, qui a Torino ovviamente quello di conte. A Roma invece siamo tutti principi – Rajmondi fa una risatina compiaciuta.
– Perché dice «ovviamente»? – si stupisce Geraci.
– Ma perché i duchi di Savoia non avrebbero mai dato titoli superiori o pari al loro!
– Quindi qui a Torino non c'è neanche un duca?
– Se ce ne sono, non sono di origine piemontese.
– E lei non conosce nessun duca?
– Ma certo che sì. Il duca di Biancavilla è uno dei miei più cari amici, per esempio.
– Ah. Abita qui a Torino?
– No, sta tra Roma e la Sicilia. Quando abitavo anch'io a Roma ci vedevamo più spesso, adesso qualche volta viene a trovarmi e si ferma qualche giorno qui da me, d'estate mi invita a Biancavilla, ma fatalmente ci vediamo più di rado. Peccato, simpatico, Alberico.
– E qui, quanti duchi conosce, lei?
– Non so, non mi viene in mente nessuno, così sul momento. Sa, non è che uno sta lì a tenere a mente i titoli di tutti quelli che frequenta. Ma perché mi fa tutte queste domande sui duchi, scusi?
– Nessun motivo, – Geraci alza le spalle – solo che non ne so niente di araldica ed è interessante. – Poi, con voluta noncuran-

za: – A proposito, così, leggendo qua e là, ma lo sa che su Internet l'ultimo principe Clemente Rajmondi risulta morto nell'Ottocento e la famiglia estinta? Com'è possibile?
– Ma cosa vuole che le dica, su Internet dicono di tutto.
– Sì, ma sembravano siti attendibili, potrebbe controllare e chiedere la rettifica.
– Sì, magari lo farò, anche se non mi interessa molto cosa dicono – Rajmondi fa una pausa, poi riprende con un piccolo sospiro: – E sia, a lei dico la verità, non potrei rettificare molto, sa, mio nonno, ecco... Una *main gauche*, capisce.
– *Main gauche*? Cosa vuol dire?
– Ma è chiaro, no? Che la bonanima del bisnonno con la moglie non ha avuto figli, in effetti, ma da una cuoca aveva avuto il nonno, che ha poi riconosciuto solo da vecchio, morta la principessa. Per cui il titolo, forse, in effetti... Ma da quando non c'è più il Re, chi le va a vedere 'ste cose? I titoli non sono neanche più riconosciuti. E poi comunque, bisnipote del principe lo sono e quest'anello è il suo.
– Capisco. Non volevo metterla in imbarazzo.
– Ma che imbarazzo, commissa', so' ccose che capitano in tutte le famiglie.
Ma il commissario, lui sì, evidentemente imbarazzato, si defila svelto dalla conversazione,
– Scusi, vado a controllare cosa stanno facendo di là. Laganà, qui vai avanti tu.
– Ecco, commissario, magari se riescono a non sfasciare tutto...
In camera del Principe il letto è ancora sfatto perché, come suo solito, Clemente Rajmondi si era alzato da poco quando tutto questo è cominciato. Il che si rivela essere risolutivo, dal momento che un angolo del ridondante piumone foderato in seta grigio-azzurra è ripiegato sul pavimento e mimetizza perfettamente la coda del gatto nascosto sotto il letto in preda al terrore.
L'agente Spatafora, un ragazzone volenteroso e scrupoloso, intenzionato a ispezionare il letto, la pesta ignaro, con tutti i suoi 93 chili di peso, cosicché il gatto, atterrito, gli arpiona la gamba

con un gemito straziante, sfoderando la potenza delle sue unghie affilate e mordendola furiosamente coi denti non meno acuminati. Colto alla sprovvista, Spatafora tenta un balzo all'indietro, ma inciampa, abbattendosi miseramente sul comò Luigi XVI posto di fronte al letto. Nella caduta trascina con sé lo svuotatasche di cuoio del Principe, pieno di monete che si sparpagliano ovunque rimbalzando e il prezioso vaso cinese Kangxi Famille Verte, che finisce in mille pezzi sul pavimento.
– Vashkaaa! – l'urlo inorridito del Principe risuona in tutta la casa – Che gli avete fatto? – strilla poi, correndo in camera da letto, dove il commissario, che l'ha preceduto, sta già aiutando il povero agente a rialzarsi tra i cocci.
– Io niente! Lui, piuttosto, mi ha divorato una gamba! – si difende Spatafora, mostrando il polpaccio sanguinante.
– Vashka, vieni fuori! – Rajmondi si sdraia accanto al letto, incurante del polpaccio, cercando di tirar fuori il suo gatto, ma al commissario non sfugge la strana manovra del Principe che striscia sotto il letto.
– Si alzi immediatamente.
– Un secondo, fateme acchiappà er gatto!
– Lasci perdere il gatto e si alzi.
Nascosto sotto l'abbondante pancia del Principe (che sperava ancora, con un tentativo maldestro, di nasconderlo in qualche modo), c'è infatti un sacchetto di stoffa, proveniente dal doppiofondo del grande vaso appena andato a pezzi e contenente cinque o sei bustine trasparenti piene di polvere bianca.
– E va bene, ne avevo un po' di scorta. Uso personale. E allora?
– E allora faceva il furbo eh? Ci ha preso per stupidi? Si tolga di lì e vada a sedersi. – tuona furibondo Geraci. Poi agli agenti:
– Continuate, voi! Spatafora, chiedi alla domestica del disinfettante per la ferita alla gamba.
Con una certa strafottenza, Rajmondi si china di nuovo e afferra il gatto da sotto il letto. Lo prende in braccio e si allontana verso il salone.
– Che spavento, povero Vashka!

– Che bestiaccia! Che razza di nome è, poi, Vashka! – commenta tra sè il commissario, ancora fremente di irritazione.
– Il nome del famoso gatto Blu di Russia dello zar Nicola I... Lo sanno tutti, ignoranti! – gli grida dal corridoio il Principe, schifato, mentre cerca di tranquillizzare lo spaventatissimo gatto.

***

L'avvocato Marco Ramella ha solo 31 anni, ma è la giovane promessa dello studio dell'avvocato Fasano, il più noto penalista di Torino. Serio e studioso, ma anche appassionato e dotato di geniali intuizioni, ha vinto brillantemente tutte le cause che gli sono state affidate dallo studio e ha già raggiunto una certa notorietà nell'ambiente legale.
«Prima o poi mi abituerò», pensa, mentre incede rigido per i lunghi corridoi del carcere delle Vallette, dietro al secondino che gli fa strada e richiude alle loro spalle i cancelli metallici che si susseguono lasciando cigolare le pesanti chiavi dorate a ogni giro. Per ora però, ogni volta che entra in carcere, prova un senso di angoscia che lo abbandona solo quando quei cancelli si riaprono per lasciarlo uscire.
Quando raggiungono la stanza colloqui, si siede, tira fuori il fascicolo dalla sua borsa di cuoio, lo appoggia sul tavolo di formica e lo apre davanti a sé, anche se contiene solo le copie dello scarno avviso di garanzia e del verbale di arresto.
Quella che entra pochi istanti dopo e si siede ringraziando compunta e sorridente la guardia che l'ha accompagnata, è la stessa Jole Sandrelli che conosce fin da ragazzino e da cui ha comprato innumerevoli libri, scolastici e non.
La libraia l'ha indicato come suo difensore, senza un attimo di esitazione, proprio per questo motivo; lo conosce da sempre, ne ha seguito il brillante percorso scolastico, si compiace al pensiero di aver contribuito in parte anche lei a renderlo l'uomo che è diventato, consigliandolo nelle letture e insegnandogli l'amore per i libri e per la conoscenza.

– Ciao, Marco, grazie di essere qui.
– Grazie a te, Jole, di aver scelto me. Raccontami un po', cos'è successo, cosa ci faceva quella roba nel tuo negozio?
L'avvocato, in buona fede, non riesce davvero a credere che Jole Sandrelli sia una spacciatrice. La libraia fa una risatina forzata, aggiustandosi la corta frangetta con un gesto vezzoso.
– Che peccato, eh? Mi hanno beccata.
– Ti conosco da quando sono piccolo... Non ci posso credere. Ma perché l'hai fatto? Hai una libreria, ami il tuo lavoro, non hai problemi di denaro, ma perché ti sei messa a vendere quella roba?
– Perché sono pochi i ragazzi come te.
– E allora?
– E allora gli davo quello che volevano. Avessi dovuto tenere aperta la libreria vendendo solo libri, avrei chiuso da dieci anni.
L'avvocato Ramella guarda la libraia come se la vedesse per la prima volta.
– Ma cosa vuol dire «gli davo quel che volevano»?
– Cosa vuoi che voglia dire? Non è difficile. Quelli non hanno certo voglia di leggere. Semplicemente ho trovato il sistema di pagarmi le spese della libreria e farmi due soldi, per di più accontentando i clienti – risponde serafica Jole, senza alcuna inflessione nel tono e con il solito sorriso.
– Avrai ben avuto un motivo che non fosse quello di pagare le spese della libreria! Avevi problemi di denaro? Che ne so, qualche parente anziano da mantenere? Una giustificazione qualunque che sia credibile. Individuarne una potrebbe essere utile anche per la difesa.
– A te lo posso dire, perché tu sei come me, puoi capirmi. Ce l'avevo un motivo, ma non credo che serva al tuo scopo.
– Tu prova a dirmelo.
– Mi divertiva vederla ridursi così, quella feccia. Mi piaceva vederli sbavare per un po' di roba.
L'avvocato deglutisce in silenzio con il pomo d'Adamo che si alza e si abbassa vistosamente nel collo magro, allargandosi con un

dito il colletto della camicia. Vede per un attimo la faccia della strega di Hansel e Gretel, che lo terrorizzava tanto da bambino, sovrapporsi a quella della libraia. Poi si riprende e dandosi un contegno più professionale, con voce giusto un po' meno sicura del solito, suggerisce a Jole di avvalersi della facoltà di non rispondere all'interrogatorio di garanzia, che si svolgerà l'indomani alla presenza del Pubblico Ministero. Le garantisce che, certo, lui sarà presente. Prima di salutarla, le dice anche che non appena disporrà di tutti gli elementi del caso studierà una strategia difensiva appropriata, ma che al momento l'opzione migliore gli sembra il patteggiamento.
Mezz'ora dopo è in studio, seduto di fronte all'avvocato Fasano. Ha le mani che gli tremano mentre parla a quello che considera il suo Maestro:
– Io non posso difendere Jole Sandrelli. Ti prego di chiedere a qualcun altro di farlo al posto mio.
– Perché? Tu sei il più adatto, la conosci bene ed è stata lei a chiedere espressamente di te. Oltretutto, sai bene che di solito lo studio non si occupa di casi come questi, se abbiamo accettato è solo perché mi hai detto che ti avrebbe fatto piacere difenderla, per motivi affettivi.
– Lo so, ti chiedo scusa. Ma davvero non me la sento.
– Ma cos'è successo, che ti ha fatto cambiare idea così?
– È un mostro. Non l'avevo mai capito prima. Un essere senza la minima morale, senza scrupoli, senza niente dentro. Vuota e marcia.
– Sì, ho capito, «la banalità del male». E allora?
– E allora mi ripugna. E non posso difenderla. Non la so difendere. Non la voglio difendere!
– Marco, tu devi difenderla.
– Perché?
– Perché non sarai mai un vero avvocato, se non lo fai. Avresti fallito.
– Ma non è vero!
– Sì che è vero. Ricordati la prima cosa che hai imparato. Tu

non sei il giudice, non sei tu a dover emettere una sentenza. Tu devi fare tutto quello che è in te, non per vincere la causa, ma per ottenere giustizia per la tua cliente.
– Scusami, è vero, ma non me la sento.
– Chiunque – l'avvocato Fasano guarda il giovane avvocato dritto negli occhi, mentre ripete – chiunque, ha diritto a una difesa e, se è possibile, alla miglior difesa. Se tu vuoi essere un avvocato e vuoi addormentarti tranquillo la notte, questo devi fare. Nient'altro. Guai a quell'avvocato che cade nella trappola di ergersi a giudice morale.
Ramella sa che il suo Maestro ha ragione, se ha scelto la sua professione è proprio perché ha sempre creduto che chiunque abbia diritto alla difesa ma, in questo caso, gli pesa come un macigno. Jole Sandrelli se la ricorda, mentre gli parlava di un libro o di un altro, con gli occhi accesi dalla passione. Quella donna e quella libreria hanno segnato e scandito la sua crescita e le sue letture come una presenza rassicurante e Marco Ramella non riesce a perdonarle di aver insudiciato i suoi ricordi. «Dovrebbe marcire in galera», pensa il giovane avvocato scuotendo la testa. Poi, improvvisamente, risente la voce della libraia: «Tu sei come me, puoi capirmi» e realizza quello che sta cercando di insegnargli l'avvocato Fasano. «No – le risponde mentalmente – io non sono come te».
– Hai ragione. Sono uno stupido, scusami. La difenderò.
– Non ti scusare, speravo succedesse. Dobbiamo passarci tutti, da un caso così, per poi poter dire di saper fare il nostro mestiere. Se ti ho dato il permesso di accettare questo caso è solo per questo, se no, credi che avrei lasciato che una qualunque spacciatrice da quattro soldi rovinasse la reputazione e la clientela di questo studio? Adesso vai a casa e domani fai in modo che all'interrogatorio di garanzia ci sia l'avvocato che ho sempre pensato che tu fossi.

***

Alle sei del pomeriggio Guido Geraci attraversa a piedi il ponte della Gran Madre e svolta a sinistra verso il Parco Michelotti, trascinato avanti da Ettore, che non vede l'ora che il suo padrone gli tolga finalmente il guinzaglio. Di solito il commissario va a correre con Ettore al mattino presto, o la sera, dopo mangiato, ma ogni tanto, come oggi, il lavoro gli consente di farlo a quest'ora. Gli piace correre, gli serve a schiarirsi le idee, le lascia andare, libere, le segue, le abbandona, le riprende. Ne ha davvero bisogno, oggi, di riordinare le idee, le sente tutte ingarbugliate in testa, pesanti e rumorose. Il sole è già tramontato ma il buio non ha ancora del tutto prevalso sul giorno; una luce fredda e morente si stende sull'acqua. Si ferma, fa un po' di riscaldamento, si ritrova a guardare al di là del fiume, le case, la strada bassa, che appena si intravede sopra la scarpata. Proprio lì di fronte, più o meno, è morta Gaia Armandi. Risente la voce aspra del magistrato al telefono, nel primo pomeriggio:

– Ricapitoliamo, Geraci. Una rapina no, il testimone ungherese no, la libraia arrestata pare di no, altre piste non si sa. Che facciamo qui, *bambliniamo*, perdiamo tempo?

– No, dottore, certo che no. Ma le piste possono essere tante, capisce, una giornalista d'inchiesta, può essere scomoda a tanti. Ci vuole del tempo.

– Ecco, appunto. Una giornalista di inchiesta famosa. Molto famosa. E lei sa meglio di me che più passano i giorni, meno probabilità di trovare l'assassino ci sono. Non ho intenzione di perderci la faccia o giocarmi la carriera, solo perché lei cincischia. Quindi veda di darsi una mossa, per favore.

– Non cincischio, dottore, anzi, domani mattina torniamo a casa della Armandi, se mi autorizza. Le ho mandato poco fa una e-mail al riguardo; vorrei fare una seconda perquisizione.

– Bravo, Geraci, le mando l'autorizzazione subito. E stavolta tiri fuori qualcosa di concreto.

Geraci riprende la corsa, stizzito: «Cincischio, certo che cincischio, non so dove andare a sbattere la testa, altroché».

Appena entrato nel parco libera il cane, che sfreccia in avanti,

come sempre. «Come farà ad avere tutta questa energia? – si chiede il commissario – farà dieci volte il percorso, avanti e indietro a vedere dove sono e poi di nuovo avanti e di nuovo indietro. Io ho già il fiatone adesso. Sono proprio fuori fase».
È così che ha conosciuto la giornalista, grazie a Ettore e a Ludwig e all'abitudine di entrambi di portare i cani sul lungo Po la sera. Lui l'aveva sorpassata senza accorgersi che Ettore era rimasto a giocare con il suo amico, lei l'aveva richiamato indietro.
– Dove corre? Guardi che il suo cane è qui e non ho intenzione di tenermelo, mi basta il mio.
– Oh scusi, non me ne ero accorto. Credevo fosse andato avanti come al solito.
Geraci corre e riflette. Oggi ha raccontato al magistrato che l'arresto dalla libraia lo si deve proprio a Gaia Armandi e alle confidenze che lei aveva deciso di fargli, in uno di quei loro saltuari incontri serali.
La giornalista sapeva con certezza che Jole Sandrelli non vendeva soltanto libri, per il semplice fatto che due o tre volte era stata lei stessa sua cliente. Da ragazza, era stata una forte consumatrice di cocaina, e non solo di quella. La vita frenetica e i digiuni forzati a cui era costretta facendo la modella ad alti livelli, si era quasi giustificata con il commissario, l'avevano portata su quella strada, come molte altre sue colleghe. Adesso non ne aveva più bisogno e ne faceva uso una volta ogni tanto, così, se capitava, in una serata divertente, ma niente di più. Era successo poche volte, negli ultimi tempi, per lo più a casa del Principe, suo vicino di casa, che invece era amico di Jole, oltre che cliente. Magari non solo cliente, gli aveva detto, sibillina, forse socio, se non addirittura fornitore.
– A casa sua la coca scorre a fiumi. Mi domando come faccia ad avere tutti 'sti soldi solo facendo il consulente finanziario... Da quel che ne so, forse non è neanche laureato, oltretutto. Chissà, prima o poi la studio, una puntata sui luoghi di spaccio non convenzionali in città: secondo me si scoperchierebbero un sacco di pentole di vermi inaspettate.

Il commissario aveva promesso a Gaia di non rendere ufficiali le sue confidenze e l'aveva tenuta fuori dall'indagine. Ci aveva messo mesi prima di riuscire ad arrestare la libraia in flagrante, ma la figura del Principe è rimasta per lui un mistero. Apparentemente sembra un mezzo figuro, un banale millantatore come ce ne sono tanti, ma se invece fosse molto più furbo?
Gaia potrebbe davvero aver fatto delle indagini per conto suo, per il suo programma e aver messo in allarme la Sandrelli.
Che la libraia non possa essere l'assassina materiale di Gaia Armandi è lampante, non fosse altro per le sue caratteristiche fisiche, ma il Principe?
Lui sarebbe più credibile come assassino, anche se dalla perquisizione non è venuto fuori niente, se non un po' di cocaina (un po' tanta, per carità...), ma Geraci non fa fatica a credere che sia effettivamente solo per uso personale. E resta da capire chi c'è dietro la Sandrelli, il «pesce grosso». Che soddisfazione sarebbe, arrivare alla testa dell'organizzazione, a prescindere da tutto.
«Bah, speriamo che dalla perquisizione, domani, venga fuori qualcosa di illuminante, –pensa il commissario mentre richiama Ettore e si accinge al ritorno – perché davvero continuo a girare a vuoto».
Le idee non gli si sono schiarite affatto e anzi, gli sembra che i suoi battiti, accelerati dallo sforzo fisico, segnino il tempo che corre avanti, troppo veloce, lasciandolo al palo, senza risposte.
Il buio adesso è più fitto e il freddo più pungente, anche Ettore è stanco e contento di rientrare in casa.
Chissà come va con Ludwig, si chiede Geraci e l'idea di essere riuscito a risolvere velocemente almeno quel problema, per quanto marginale, lo solleva un po'. Lennon e Irene, ottenuto l'affido temporaneo d'urgenza, sono andati a prenderlo al canile nel pomeriggio e Irene approfitterà del fine settimana per occuparsi di lui e del suo recupero.
– Ciao! – la voce di Costanza sovrasta la televisione, mezz'ora dopo, quando Ettore, appena entrato, le sfreccia tra le gambe in

cucina, già speranzoso di ottenere un bocconcino – Correre mette fame, eh?
– Io invece non ne ho, anzi, credo mi sia rimasto qualcosa sullo stomaco, non riuscivo neanche a correre. Stasera forse è meglio che non mangi, anzi, mi sa che vado subito a letto.
– Aspetta, ti scaldo una tazza di brodo, se vuoi.
– Ecco, magari quello sì, grazie.

La Polizia indaga in tutte le direzioni, ma per ora resta un giallo la morte della nostra collega, Gaia Armandi, conduttrice del programma Nel mirino*, morta tragicamente quattro giorni fa. La nostra inviata, Giulia Ravaso, ce ne parla nel servizio.*

Così va dicendo, a tutto volume, il conduttore del telegiornale. Lo speaker lancia quindi il servizio di un'inviata che, pur di dire qualcosa, è andata a intervistare il panettiere da cui si serviva il domestico della vittima e la proprietaria della tintoria: quest'ultima pur conoscendo benissimo i vestiti che indossava Gaia Armandi, dichiara però di averla vista solo alla televisione.
– La solita fuffa! Cambia canale, per favore. Ma come fa la gente a sorbirsi queste stronzate? – sbotta Geraci, mentre il conduttore riprende la parola per annunciare uno speciale in seconda serata dedicato alla vita della Armandi e animato da innumerevoli e irrinunciabili ospiti.
– Hai ragione, non se ne può più – concorda sua moglie, approdando, ubbidiente, su una più leggera puntata di un gioco a premi su Canale 5. – Anche i giornali, non fanno altro che parlare di aria fritta sul caso, rimestando nel torbido più che possono. Stamattina dal parrucchiere erano tutte scatenate a commentare le riviste! Ma ci sono novità, a parte tutto?
– Ma che ne so! Cosa volete tutti da me? Lasciami in pace almeno tu, che non ne ho proprio voglia, eh!
– Scusa! – Costanza si volta e si mette a preparare la pappa di Ettore, in silenzio. «Neanche più parlare si può – pensa infastidita – che palle!»

– Scusa tu. È che sono sotto pressione, oggi ho discusso con il magistrato e per di più non sto bene.
– Ma sì, non fa niente. Bianca! È bianca! Ma dài, era facilissima! – urla poi Costanza al concorrente che fa scena muta nel quiz finale del programma, perdendo miseramente i 27.000 euro guadagnati finora.
– Le indovini sempre tutte, eh? Dovresti andarci tu! – le sorride vago suo marito, guardando la successione della cinque parole sullo schermo:

Notte
Polvere
Dama
Bandiera
Arma

– Bandiera bianca. – ripete poi, assorto, alzandosi e avviandosi verso la camera da letto, – Mi sa che è ora che la alzi anch'io... – Sorride alla moglie, posando la tazza. – Buonanotte Costanza.
Costanza lo segue un attimo con lo sguardo, pensierosa, prima di tornare a concentrarsi sul gioco.

7. Lunedì, 27 febbraio 2012

– Grazie di essere venuto, ieri pomeriggio – dice Irene a Lennon, mentre il campanile della chiesa dell'Annunziata sta battendo undici rintocchi.

Lennon si è precipitato da lei appena finito il giro con gli altri cani, visto che per qualche giorno hanno deciso di portare Ludwig a spasso da solo, per prudenza.

Venerdì pomeriggio sono andati a prenderlo al canile e l'hanno portato a casa di Irene, grazie all'intervento del commissario Geraci, che ha insistito con il magistrato perché la veterinaria potesse avere con sé il cane già dal fine settimana, per poterlo tenere in osservazione in modo esclusivo per due giorni.

Ieri, anche per calmare le ire del martire, Irene ha chiesto a Lennon di andare da lei e occuparsi di Ludwig; in realtà ne hanno approfittato per fare con lui qualche esercizio di obbedienza e per farlo giocare con gli altri cani, per capire quanto ci sia di vero nella pessimistica relazione del veterinario del canile.

– Mi sembra che si sia ripreso dallo choc – prosegue soddisfatta la veterinaria, – ieri abbiamo lavorato bene con lui, non trovi? E anche con Jolly, non c'è stato il minimo problema per tutto il week end.

Jolly è il Pastore Tedesco di Irene e non era affatto scontato che andasse d'accordo con uno Schnauzer gigante. Il fatto che non abbiano mai litigato e, anzi, ieri pomeriggio abbiano giocato insieme a palla con Lennon, secondo Irene, la dice lunga sul carattere equilibrato di entrambi.

– Ma sì – le risponde Lennon convinto – secondo me hai ragione tu, era solo agitato e spaventato, non è affatto un cane instabile. – Poi, rivolto al cane: – Vero Ludwig? Vorrei vedere: ti hanno ucciso la mamma sotto gli occhi, degli sconosciuti ti

hanno sparato con un fucile mentre la difendevi e poi ti hanno rinchiuso in un box di un canile. Sei fin troppo equilibrato, direi!
– Hai ragione, dal suo punto di vista è proprio così. Infatti vedrai che adesso andrà tutto bene.
– Certo che Gaia è stata brava a educarlo.
– Molto. Oltretutto gli Schnauzer non sono cani facili, ci vuole polso e sensibilità. Hanno bisogno di un rapporto strettissimo con il padrone.
– Che poi a vederla così, con quel suo modo di fare, non l'avrei detto che amasse tanto il suo cane. Invece diventava un'altra, con lui.
– Sì, l'ho notato anch'io, quando lo portava qui in studio. Come se con lui si togliesse una maschera.
– Non te l'ho mai chiesto, ma com'è che Gaia veniva da te? Intendo, come mai non andava da quello lì, come si chiama, quello da cui vanno tutti i ricconi?
– Dal professor Riva, dici?
– Sì, lui, o da qualche altro luminare del genere. Sarebbe stato più da lei, no?
– Sì, in effetti sì. Ma, tramite Emanuele, quando è arrivata a Torino, ha cominciato a venire da me per i vaccini e per le visite di controllo. C'è anche da dire che Ludwig non ha mai avuto problemi di salute, finora. Magari in quel caso si sarebbe rivolta a qualcuno di più rinomato, tipo Riva, appunto.
– Come mai, tramite tuo marito? Si conoscevano?
– Sì, non te l'ho mai detto? Emanuele era l'addetto al montaggio di *Nel mirino*.
– Davvero? Ah già, mi avevi detto che è montaggista in Rai, però non avevo idea che lavorasse con Gaia. Non doveva essere facile, lavorare con lei.
– Molto interessante, credo, ma facile proprio no. L'ha fatto impazzire, all'inizio – Irene alza le spalle con una punta di insofferenza. – Non si fidava, le prime settimane l'ha tenuto lì anche di notte a controllare e ricontrollare i minimi particolari. Poi per fortuna si è data una calmata, ma ogni tanto, ancora

ultimamente tornava a casa con un diavolo per capello!
– Lo immagino...
– Dài, adesso pensiamo a Ludwig. Te la senti di portarlo a fare un giro? Così vediamo come si comporta per strada.
– Certo che me la sento! Anzi, cosa ne dici se provo anche a passare dal mio amico Nando? – chiede Lennon, già avviato verso la camera d'aspetto per mettere il guinzaglio al cane. – L'ho già avvisato, magari facciamo due passi insieme e proviamo a vedere come va per la strada con Minnie, tanto per riabituarlo pian piano ad andare in giro con gli altri cani, come prima.
– Bravo, buona idea. Come sta Nando? È un po' che non vedo né lui né Minnie.
– Per la verità, è molto giù in questi giorni, deve aver litigato di brutto con qualcuno, ma non oso chiedergli più di tanto perché ho l'impressione che non gli vada di parlarne. Gli passerà, o almeno spero, perché non l'ho mai visto così e sono un po' preoccupato.
– Mi spiace... Salutamelo, comunque.
L'entusiasmo di Ludwig all'idea di andare a spasso con il suo amico è evidente, salta e si dimena tirando Lennon verso l'uscita in un balletto di felicità, cosicché il ragazzo urta involontariamente la pila di riviste in bella vista sul tavolo.
Tutta la vita di Gaia Armandi recita in giallo una copertina; Lennon la tiene in mano un secondo prima di rimetterla a posto, guardando il volto sorridente della giornalista. Ha la strana impressione che Gaia stia fissando proprio lui, dritto negli occhi, con quel suo sguardo deciso e sicuro.

***

Un raggio di sole entra dalla finestra e si posa sulle mattonelle del pavimento illuminando il pulviscolo che fluttua nell'aria. Assorto nei suoi pensieri, il commissario segue le evoluzioni delle minuscole particelle, quando il telefono, mettendosi a squillare, lo fa sussultare leggermente.

– Sì, buongiorno dottor Airaudo.
– Mi dica, novità? Ci avete capito qualcosa?
– Sì, credo proprio di sì.
– Cioè? – incalza il magistrato.
– Gaia Armandi aveva incontrato l'avvocato Molinari due giorni prima di morire; Laganà l'ha già sentito ieri, Molinari era a conoscenza delle indagini della Armandi perché era stato avvisato dal direttore dell'ufficio relazioni esterne. Le aveva chiesto un appuntamento per tentare di convincerla a non divulgare la notizia che, ha precisato a Laganà, non è grave come la Armandi supponeva e voleva, uso le sue parole, «spiattellare ai quattro venti».
– Un movente perfetto.
– Sì, peccato che l'avvocato abbia un alibi per quella sera.
– Il che non esclude un complice.
– Già, non lo esclude... In ogni caso, bisogna ancora capirci di più. Oggi Laganà sentirà il Mancuso e io sto per andare dalla Calandri, perché non è chiaro se abbia una parte nella faccenda o no.
Parlando, il commissario apre la cartellina, grigia e anonima, che sabato mattina, durante la nuova perquisizione a casa di Gaia, hanno trovato nel segreto del doppio-corpo in salone e sfoglia, per l'ennesima volta, i pochi documenti che contiene.

20 gennaio, casa Rajmondi, ore 21 (chiedere elenco invitati)
Ore 24:30 (?) Giulio Mancuso, funzionario ministero salute, 335 78... Alticcio andante
«Cara la mia giornalista, scommetto che non sai come vengono ottenute certe autorizzazioni! Chiedi un po' al tuo vicino, che lui sì che ne sa, quanti ne cura e quanti ne ammazza l'Insunova»
Insunova, rivoluzionario farmaco antidiabetico, formula brevettata dalla Inpharma, commercializzato a partire dal 15 novembre 2011
Inpharma - Molinari?

Geraci rilegge queste parole, appuntate sul foglietto che era chiaramente stato strappato da un block-notes. La calligrafia di Gaia è rotonda, ordinata e precisa; il tratto, a matita, profondo e sicuro.

C'è poi anche una e-mail ricevuta dal capo dell'ufficio relazioni esterne della Inpharma, azienda produttrice dell'*Insunova*, che risponde a una richiesta di notizie da parte di Gaia e allega il modulo ufficiale completo dei test superati dal farmaco. Gaia sul modulo stampato ha aggiunto dei punti interrogativi a fianco di alcune voci e, al fondo del foglio, sempre a matita, ha annotato:

«Avvocato Alberto Molinari Sindaco consiglio di amministrazione» sottolineato due volte e ancora sotto,

«Dottoressa Carlotta Calandri revisore dei conti (c'entra anche lei??)»

Geraci richiude la cartellina e posa la cornetta del telefono, dopo aver assicurato al magistrato che, sì, hanno anche chiesto un colloquio al direttore dell'ufficio relazioni esterne della Inpharma e all'amministratore delegato e che certamente lo terrà al corrente sugli sviluppi.

– Laganà, – dice poi al telefono dopo aver composto un interno – a che ora incontri il Mancuso?

– Alle due, capo.

– Bene. Io vado adesso dalla Calandri, ti chiamo dopo, in ogni caso vedi anche tu di capire da lui che parte ha la commercialista in questa storia.

– Sì, capo, spero che non sia troppo difficile tirargli fuori un po' di cose, anche se magari alle due non avrà ancora la lingua così sciolta come quella sera – ride Laganà – Al massimo gli offro un caffè corretto!

– Bravo, ottima idea – sorride Geraci, poi però prosegue serio – anche se questa storia non fa ridere per niente... È uno schifo. Quanto marcio gira intorno alla morte di quella ragazza.

– Già. Ma ci siamo abituati, no? Ce n'è sempre un sacco dove c'è un omicidio. Fa solo un po' più effetto, qui, perché da fuori

sembrava un mondo lindo e pulito, ma poi alla fine tutti i mondi sono uguali, sotto sotto.
– Sempre saggio, Laganà. Hai ragione, perché siamo noi uomini a essere tutti uguali, ciascuno con la sua dose di pulito e di marcio dentro. Ci sentiamo dopo, esco, anche se è un po' presto, mi fumo una sigaretta e faccio due passi prima andare dalla commercialista.

***

È di nuovo una mattinata di sole, piena di colori, nota Lennon, camminando con Ludwig al Parco Leopardi e osservando il susseguirsi di luce e ombre che si rincorrono tra gli alberi e sulle pigre acque del fiume. È passata quasi una settimana da quel mattino, l'ultimo in cui hanno passeggiato insieme prima della tragedia, ma ha l'impressione che sia un'eternità, o forse un solo giorno. Anche allora c'era un sole primaverile, accecante.
I gioielli sembrano spariti nel nulla, ha fatto domande a tutti quelli che conosce, l'altra sera è andato con un po' di amici a un concerto all'Askatasuna, il centro sociale di corso Regina Margherita, era un po' che non ci andava, ne ha approfittato per tendere le orecchie anche lì, ma niente.
Anche il commissario però, pensa, si è un po' raffreddato sull'argomento, di sicuro sta seguendo altre piste.
Quella domanda di Gaia, invece. Se solo riuscisse a ricordarsela bene... Ha provato a riferirla al commissario, ma raccontata così, vagamente, non aveva neanche senso. Gaia stava leggendo una frase complicata su... Su cosa? Boh. Poi gli ha chiesto qualcosa sulla paura del cambiamento, gli sembra. Era così agitata e così stranamente assente. Si arrovella tutte le sere pensandoci e ripensandoci, mentre cerca di dormire; ha la sensazione che sia importante, che se gli tornasse in mente, potrebbe essere utile alle indagini.
Poi c'è Nando. Quel ragazzo non è più lui: stanco, svogliato, nervoso, perfino i suoi occhi azzurri sono così cupi da sembrare

scuri. Oggi aveva la barba sfatta e una brutta maglietta logora, lui sempre così attento e curato. Però non c'è verso di parlarne, ci ha provato anche stamattina, nella breve passeggiata con i cani, ma Nando era chiuso e spinoso come un riccio.
Per la verità, sono tutti strani, da quando è morta Gaia, riflette, perfino Irene stamattina sembrava un po' tesa.
La dottoressa Calandri, poi, è nervosissima. L'altro giorno, per esempio, quando l'ha incontrata a casa sua era incazzata nera con l'avvocato. Lennon rivede la faccia stravolta di Carlotta, mentre gli apriva la porta. L'ha sempre sospettato, che avessero una storia, quei due. «Un gran stronzo che se ne approfitta di tutti, quel Molinari – dice tra sé e sé – compreso della dottoressa che invece, malgrado tutte le sue arie da dura in carriera, c'è cascata in pieno e deve essere pure innamorata... Speriamo che lo mandi al diavolo, una buona volta!». Poi, scrollandosi di dosso i pensieri e il senso di angoscia che li accompagna, si rivolge a cane:
– Dài, Ludwig, torniamo indietro, Irene ci starà aspettando!
Affretta il passo, attraversa svelto il ponte e si incammina verso piazza Vittorio, dove i bar sono già affollati. Guarda l'ora, è già mezzogiorno e mezza. Gruppetti di studenti vocianti si mischiano ai turisti e ai primi impiegati in giacca e cravatta, cercando di conquistarsi i tavolini al sole rimasti liberi nei dehors.
C'è anche il dottor Biasutti, sta per attraversare la piazza; come è sobrio e dimesso, oggi, con quel loden, un po' corto, sui pantaloni grigi.
Dato che stamattina al bar non si sono incontrati, Lennon punta dritto verso di lui, perché vuole dargli notizie del suo dente, che finalmente non gli fa proprio più male.
C'è una signora minuta, però, tra lui e il dottore, con un bel Boxer al guinzaglio e Lennon sente Ludwig, improvvisamente, irrigidirsi.
Sarà che lo conosce bene, sarà che oggi è particolarmente attento alle sue reazioni, sarà solo la fortuna di avere un palo di fianco a cui il ragazzo riesce fulmineo ad attaccarsi in tempo, fatto sta che quando il cane si lancia in avanti con un ringhio

furioso e il muso deformato dalla rabbia e dall'odio, Lennon riesce a trattenerlo.
Vede tutto come al rallentatore: la signora che fatica a tenere il suo cane, che si è voltato e ringhia a sua volta; il dottor Biasutti impietrito che lo fissa e quindi si avvicina alla signora aiutandola a trascinare via il cane; il commissario Geraci, che non aveva notato prima, perché camminava svelto sotto i portici della piazza e che invece si affaccia per un attimo oltre una colonna, lo vede, gli fa un cenno di saluto e si riavvia verso casa Calandri, probabilmente senza accorgersi di quanto è successo.
Ludwig si calma quasi subito e guarda Lennon come mortificato, quando riprendono a camminare. Il ragazzo però tiene il guinzaglio più corto e più saldo e la piazza gli sembra davvero immensa, adesso che le gambe gli tremano e il cuore gli martella le tempie.
Quando arriva da Irene, si affloscia su una sedia in camera d'aspetto, rosso in faccia, con un fiatone che gli impedisce anche di parlare.
– Cos'è successo? – gli chiede preoccupata la veterinaria, porgendogli un bicchiere d'acqua.
– Ludwig... Un cane... Che spavento! – farfuglia Lennon, con Ludwig che gli si è accucciato mesto ai piedi e sembra consapevole di cosa ha fatto.
– Prendi fiato, bevi un goccio d'acqua.
– Grazie – Lennon prende il bicchiere che gli porge Irene, beve tutto d'un sorso, si riprende un po'. Il suono acuto del telefono, però, lo fa sobbalzare.
– Uh, scusa! Questa deve essere la Borello, aspettavo la sua telefonata, il suo cane sta molto male, devo darle i risultati degli esami, sarà un po' lunga – Irene scappa nell'altra stanza a rispondere.
Lennon si china ad accarezzare Ludwig. «Chi lo direbbe che hai di questi scatti – pensa – quando sei così, steso tranquillo ai miei piedi?».
Il cane lo guarda, dritto negli occhi, ma non c'è traccia di sfida o di aggressività nel suo sguardo.

Lo stesso sguardo della sua padrona, si dice Lennon, prendendo in mano la rivista che l'aveva colpito stamattina e sfogliandola sovrappensiero.
Pagine e pagine di servizio scandagliano la vita della giornalista, tra notizie, aneddoti, testimonianze di conoscenti, accompagnate da una lunga serie di fotografie che la ritraggono a partire da quando era bambina.
Ce n'è una in bianco e nero che colpisce Lennon, ritrae una bambina intorno agli otto anni, con un bastardino al fianco, che sorride a un papà che la guarda innamorato. Una bambina dallo sguardo triste. Ce ne sono tante di una ragazzina alta alta e magra magra, con le gambe da merlo, come le chiama Lennon. Poi altrettante di una ragazza diventata più che bella, scatti di professionisti e scatti amatoriali. Una bella foto di lei che ride in una serata con amici, a Londra, una in cui è in mezzo ai componenti di una band al Marquee; un'altra con Giorgio Armani. E ancora le sfilate milanesi, i primi successi televisivi, per finire con la Gaia Armandi che ha conosciuto lui, resa quasi più affascinante dai segni del tempo, più umana. Ce n'è anche una in cui compare il principe Rajmondi, è una festa in un giardino, probabilmente il suo. «*Poi qualcuno ha interrotto brutalmente la sua scalata al successo, chissà dove l'avrebbe portata?*», si chiede il giornalista. Lennon richiude la rivista e la posa al suo posto sul tavolo; l'articolo l'ha intristito e finalmente Irene ha chiuso la telefonata.
– Scusa, ci ho messo un po' – gli dice entrando. – Mi dicevi che Ludwig ha aggredito un cane? Gli ha fatto male?
– No, no. L'ho tenuto. Per fortuna c'era il palo, mi sono aggrappato. Ma l'avrebbe sbranato. Sembrava una belva inferocita!
– Ma perché? L'altro cane l'ha aggredito?
– Assolutamente no, stava passeggiando con la sua padrona, tranquillo.
– E cosa è preso a Ludwig?
– Non ne ho idea... Forse il veterinario della Asl ha ragione, sai.
– Non ci credo. Qualcosa dev'essere successo!

– Ti assicuro, non è successo niente. Abbiamo visto Nando e Minnie, poi siamo stati al Parco Leopardi, abbiamo passeggiato, era normalissimo e invece, al ritorno, a metà della piazza, è impazzito. Così, senza motivo. A parte quel povero Boxer, che si faceva i fatti suoi. Stai attenta con Jolly, mi raccomando.
– Ma c'è stato tutto il week end, con Jolly... Comunque ci starò all'occhio.
– Promettimelo. Guarda che è pericoloso. Di colpo è diventato una furia.
– Stai tranquillo, te lo prometto. Certo che è strano, però. Tu sei sicuro che non sia successo niente? Che quel Boxer non abbia ringhiato o anche solo fatto qualche movimento strano, che ha provocato la reazione di Ludwig?
– No, davvero. Non mi sembra che sia successo proprio niente.
– Oggi pomeriggio, se qui in studio è tutto tranquillo, lo portiamo fuori insieme e vediamo. E stasera lo tengo d'occhio. Adesso però devo scappare, scusami: Tommi il lunedì esce all'una e mezza. Ci vediamo qui alle cinque?
– Sì... – risponde Lennon. Ha la voce stanca e lo sguardo stralunato – «Forse è lo spavento», nota Irene.
– Mi presti quella rivista? – le chiede il ragazzo.
– Ho iniziato a leggerla mentre eri al telefono, vorrei finire l'articolo.
– Ma certo, prendila. Riportamela quando hai finito, le tengo lì per i clienti che aspettano. – Poi ride da sola: – Come se avessi tutti i giorni la fila, in camera d'aspetto!
Lennon si avvia a passo spedito, con la rivista sotto il braccio, già pregustandosi il succulento kebab che mangerà tra poco al Pascià, dove va sovente; il proprietario lo chiama Ciccio e gli fa lo sconto sulle patatine.
Qualcosa, però, in quel servizio, continua a risuonargli in testa come un campanello d'allarme. Qualcosa che allo stesso tempo gli sfugge. Come quella maledetta frase di Gaia, che proprio non gli torna in mente.

8. Lunedì, 27 febbraio 2012. Nel pomeriggio

Lennon suona la chitarra, seduto sul sofà-letto; non sa neanche lui cosa. Salta da un pezzo all'altro, quasi senza accorgersene. Attraverso l'abbaino della sua soffitta, guarda, senza vederli, i tetti di Torino arrossati dal sole: vecchi, malinconici eppure pieni di dignitosa fierezza.

La rivista che Irene gli ha prestato giace aperta accanto a lui; appena arrivato a casa, mezz'ora prima, l'ha sfogliata in fretta fino a trovare l'articolo su Gaia e si è quindi immerso nella lettura. A un certo punto, l'attenzione gli è caduta su quella piccola foto sbiadita: raggelato, ha fissato quel ragazzo sorridente alla destra di una Gaia giovane e ignara.

Ha posato il settimanale accanto a sé, mentre un vortice di pensieri gli turbinava in mente, confuso e rumoroso. A quel punto, ha fatto l'unica cosa che sa fare quando vuole calmarsi e schiarirsi le idee: si è messo a suonare.

Finalmente, adesso, a metà di un accordo, abbandona di scatto la chitarra e afferra il cellulare.

– Commissario, scusi se la disturbo, ma ho bisogno di parlarle.

– Cosa succede, Lennon? Hai trovato i gioielli? – ma Geraci non sembra crederci neanche lui.

– No, commissario. Non si tratta dei gioielli.

– Allora di cosa si tratta?

– Non per telefono, commissario. È una questione delicata, preferirei parlarne a voce.

– Va bene, Lennon. Mi sembri sconvolto... È molto grave, vero?

– Sì, temo di sì. La prego, possiamo vederci subito?

Geraci sta zitto un attimo, chiude gli occhi, poi risponde deciso:

– Subito non posso, mi dispiace, devo prima concludere una questione urgente. Vieni in ufficio da me, diciamo... – Geraci

guarda il vecchio Zenith di suo padre, con il quadrante ingiallito, che segna le due e dieci
– ... Alle tre?
– Alle tre va bene, ma... Mi scusi, possiamo vederci fuori, per favore?
– Fuori dove? – il commissario non sembra troppo stupito dalla richiesta.
– Non so – Lennon ci pensa un attimo – in via Riberi, magari. Non ci passa mai nessuno e possiamo parlare tranquilli.
– Va bene, alle tre in via Riberi. A tra poco Lennon. Stai tranquillo, qualunque cosa sia, vedrai, si risolverà.
– Spero tanto di sì, commissario. Grazie. A dopo.
Riprende la chitarra e ricomincia a suonare quello che gli passa per la testa.
– *While my guitar gently weeps... I don't know why...* – le parole gli rimbombano in mente, mentre le canticchia sottovoce.
Poi appoggia delicatamente sul cavalletto il suo amato strumento, prende le chiavi, la rivista, per renderla a Irene, ed esce.
Tre quarti d'ora possono essere eterni. È esattamente l'impressione che ne ha Lennon, mentre cammina trascinato avanti dalle gambe, senza meta, cercando di far passare il tempo.
Sono le tre meno dieci quando imbocca la piccola via, seminascosta tra la Mole Antonelliana e Palazzo Nuovo, dove ha dato appuntamento al commissario.
Gli piace quella via, gli ha sempre dato un senso di pace, con le sue panchine in pietra, ordinatamente in fila nella parte centrale, rialzata e quasi appartata, della strada.
Si siede, in attesa che passino gli ultimi minuti, non vede l'ora che arrivi il commissario. Ma sì, è tutto assurdo, cerca di convincersi, scrollando le spalle, sono diventato matto!
Anche il commissario è un po' in anticipo, arriva a passo svelto dall'altro lato della via.
Lennon lo guarda camminare; è dimagrito tanto, pensa. Alto com'è, basta poco perché si noti, ma la giacca gli cade addosso come un sacco.

Ha l'aria stanca, il commissario; i tratti del volto sono induriti, segnati da ombre sulla pelle olivastra e gli occhi grigio-verdi sono cerchiati da una sottile ragnatela di rughe. Anche i capelli, nonostante il taglio cortissimo, quasi a zero, velano di un grigio luminoso, ma ormai deciso, la sua testa.
– Ciao, Lennon – gli sorride Geraci, sedendosi accanto a lui.
– Buongiorno, commissario – Lennon lo guarda negli occhi, sorridendo a sua volta intimidito.
– Te l'ha detto il cane, vero?
Lennon abbassa lo sguardo, si fissa le mani.
– Sì – risponde a bassa voce – me l'ha detto Ludwig, stamattina. Ci ho messo un po' a capirlo, che ringhiava a lei, non a quel Boxer. – Lennon rialza gli occhi a incontrare quelli del commissario, – Me l'ha detto sua moglie, l'altro giorno, senza volerlo, quando mi ha raccontato di suo fratello. Me l'ha detto soprattutto quella piccola foto, di un ragazzo biondo, ma con i suoi stessi occhi, sulla rivista, accanto a Gaia, a Londra. Non me lo dica lei, però, commissario, per favore. Sono solo mie fantasie. Mi dica che ha degli indizi e sa chi è l'assassino.
– Sei un ragazzo in gamba, Lennon – risponde invece Geraci, con un sorriso rassegnato – e Ludwig è un cane fedele.
– Perché?
– Per mio fratello.
E gli racconta tutto, tutto insieme, un fiume di parole che esce impetuoso, come se straripasse.

***

– Gaia ha sconvolto la mia vita, le mie certezze, tutto. Era così bella, così inconsueta, così traboccante di vita. Un vulcano. Sapeva ridere di tutto, anche di se stessa. Era un tuffo in un altro universo.
Lennon annuisce. Sa bene che effetto faceva Gaia.
– Ho perso la testa per lei. Non mi vergogno. Subito, dalla prima volta che l'ho incontrata. Ho cominciato ad andare a correre con Ettore tutte le sere lì, sul lungo Po sotto casa sua, per avere la

scusa di incontrarla. Lei se ne è accorta e si è messa a giocare con me. Credo che, all'inizio, fosse semplicemente divertita dall'idea di diventare l'amante di un banale commissario, – Geraci sorride ancora al pensiero di quei primi incontri, poi torna serio, – ma si è innamorata anche lei. Non so perché. Non me l'ha mai detto, non era da lei. Mi diceva solamente «Tu sei diverso dagli altri, tu sei come Ludwig», ma c'era tutto, in quella frase. C'era tutto nel suo sguardo, mentre lo diceva. Io ero come diviso in due; non potevo fare a meno di lei, ma non potevo perdonarmi. Ho tradito Costanza, ho raccontato fiumi di bugie, ho mentito in ufficio. Ero disposto a tutto. La mia vita mi sembrava una prigione, ero pronto a buttare tutto al vento. Poi, l'altro giorno mi ha chiamato, – il commissario si irrigidisce, il volto gli si indurisce – mi ha detto che doveva parlarmi, – fa una smorfia di disgusto – che aveva un segreto che non poteva continuare a tenermi nascosto. Ha detto che voleva raccontarlo al commissario, oltre che all'uomo, perché era una confessione, la sua – gli esce una risatina forzata, sarcastica. – E mi ha raccontato di una ragazza di 19 anni, arrivata presto al successo grazie alla sua bellezza, con una vita strampalata, a Londra. Una ragazza che per caso ha incontrato un chitarrista carino, una sera, al Marquee. L'ha descritto come un ragazzino biondo, entusiasta e ingenuo. Sono finiti a bere insieme, poi lui l'ha invitata a casa sua e lei ci è andata, hanno bevuto ancora e lei ha tirato fuori la cocaina. Tanta cocaina. Lui era ubriaco e la cocaina non l'aveva mai presa. Quando lei si è accorta che stava male, molto male, si è spaventata. Ha visto la sua carriera e il suo faticato successo andare in fumo. Così ha pulito tutto come poteva ed è scappata, lasciandolo lì a morire. Da solo. – Ha una luce terribile negli occhi, mentre pronuncia le ultime due parole e il dolore che continua a provare vibra nella sua voce, dandole una nota gutturale – Non sapeva neanche come si chiamava.

Il commissario fa una lunga pausa. Lennon sente stridere un piccione, nel silenzio assordante.

– Mi ha chiesto di aiutarla a trovare la famiglia di quel ragazzo,

perché voleva chiedere scusa. Come se le scuse servissero. Che ridere, – ma non ride – ha anche aggiunto che era merito mio, se si era finalmente decisa a farlo. Che l'avevo cambiata al punto che non poteva più vivere con quel peso sulla coscienza. Non le importavano nemmeno le conseguenze che avrebbe subìto.
Geraci fa un'altra pausa.
– Ho capito subito che quel ragazzo era mio fratello, ma ci ho messo tutto il pomeriggio ad averne la certezza. Un eterno pomeriggio a rivivere la sua morte e la scia di sofferenza che si è portata dietro. A rivedere gli occhi di mia madre, persi nel vuoto fino al giorno in cui li ha chiusi, volontariamente, solo due anni dopo. E mio padre, che stava zitto e lavorava e io avrei voluto gridargli «Guardami, sono qui e sono vivo!», poi stavo zitto anch'io.
Adesso il commissario ride; una risata sbagliata, grottesca, poi riprende:
– Un pomeriggio per realizzare che la donna per cui stavo per distruggere la mia vita era la stessa che l'aveva già distrutta tanti anni fa. Mi sembrava di impazzire e in effetti ero impazzito. L'ho tartassata di telefonate e domande finché, la sera, mi ha chiesto di raggiungerla, per parlarne a voce.
Il racconto del commissario è così vivido che a Lennon sembra di vedere la scena.
Il commissario che si è infilato il cappotto, i guanti e la sciarpa ed è uscito dall'ufficio, con una luce malata nello sguardo.
Gaia che passeggiava con Ludwig, prima di lasciarlo libero e di sedersi su una panchina ad aspettare Geraci, rabbrividendo per il freddo pungente.
In un incalzare di fotogrammi, Lennon immagina il commissario scendere svelto le scale che portano sul lungo Po e poi fermarsi un attimo, cercando la sagoma di Gaia nella nebbia fitta.
Vede Gaia alzarsi, andargli incontro cercando di calmarlo, inutilmente.
– Ti prego, perdonami. Non lo sapevo. Non potevo immaginare che fosse tuo fratello.
– Certo che no. L'hai ammazzato senza neanche sapere il suo nome.

– Ero giovane, stupida. Facevo una vita sbagliata, in un mondo troppo grande per me. Quella sera ero ubriaca e fatta, non mi rendevo conto.
– Eri abbastanza sobria, però, per decidere che la sua vita non valeva due sfilate e quattro soldi, eh?
– Guido, ti prego, non guardarmi così. Non l'ho fatto apposta, non mi sono accorta di quanta ne prendeva. – E ancora: – Ho fatto una cosa orribile, lo so. Ma non posso tornare indietro. Vorrei tanto, ma non posso.
Geraci che non la ascoltava più: non poteva. Il ronzio nelle sue orecchie era sempre più forte, gli sembrava che la testa stesse per esplodere. Non faceva che ripetere, ossessivamente:
– Ti chiedeva aiuto? Eh? Ti chiedeva aiuto, mentre ripulivi tutto e te ne andavi?
Gaia non aveva più parole da opporgli.
– Scusami – la voce era sempre più debole - ti prego, scusami...
Si era appoggiata al muraglione, mentre lui, come un disco rotto, a voce sempre più bassa, carica di odio, le sibilava, strattonandole un braccio:
– Ti chiedeva aiuto? Dimmelo! Ti ha chiesto aiuto, mio fratello, mentre moriva?
Esausta, si era d'un tratto raddrizzata; in quel momento era emersa la Gaia più dura, derisoria e scostante:
– Basta! Piantala di accusarmi! Non è colpa mia, cosa ci potevo fare, se era un idiota e ne ha sniffata troppa?
È stato un attimo.
Nell'impulso bestiale che ha guidato l'impetuoso scatto di Guido Geraci, Gaia ha battuto la testa contro il muraglione, così violentemente da rimanerne tramortita.
– Chiedimi aiuto tu, adesso.
Le ha sussurrato all'orecchio mentre le sue mani affondavano con tutta la loro forza nel collo sottile.
Il corpo è scivolato giù come un sacco, quando il commissario ha lasciato la presa. Ancora intontito, le ha strappato la catena e l'orologio, ha raccolto da terra il cellulare che le era scivolato

di mano ed è scappato, su dalle scale.
Si è ritrovato, mezz'ora dopo, seduto in macchina, con la collana, l'orologio e l'iPhone ancora stretti in mano. Allora si è tolto i guanti di lana, li ha usati per creare un pacchetto di fortuna in cui ha infilato tutto, compreso il Samsung che usava per parlare con Gaia e l'ha nascosto dentro la ruota di scorta nel sottofondo del bagagliaio, poi ha messo in moto ed è tornato a casa.
Il piccione continua a tubare, quando il commissario si interrompe.
Lennon alza gli occhi, incontra quelli di Geraci, vede quello che avrebbe potuto vedere anche prima, se avesse saputo, o voluto, guardarlo: un uomo spezzato.
– Come ha fatto a scappare da Ludwig, commissario? Era inferocito.
– Avevi ragione, Lennon, quando mi hai detto che ad ammazzarla doveva essere stato qualcuno di cui Ludwig si fidava. Si era allontanato, mentre parlavamo, seguendo un qualche odore che lo interessava. Era tranquillo perché era abituato a vederci insieme. Non si dev'essere accorto di niente, se non troppo tardi.
Il commissario alza le spalle,
– Ho tradito anche lui – conclude.
Stanno un po' in silenzio, fianco a fianco sulla panchina.
– Cosa farà adesso, commissario?
– Andrò in ufficio, come ogni giorno. Ma a costituirmi, stavolta.
– Commissario, ma... Aspetti, magari un modo si trova... Non lo sa nessuno. L'aiuterò io!
– Lascia stare, Lennon. Sai che non è vero: dagli esami medico-legali verranno fuori delle tracce, prima o poi qualcun altro noterà la fotografia e comunque la verità in qualche modo verrà a galla. – Guarda l'ora, sorride: – Forse Laganà è rientrato, in questo momento starà già leggendo la confessione che gli ho lasciato sulla scrivania.
– Ma...
Geraci lo interrompe con un moto di insofferenza:
– Lennon, non capisci? Sono io che non posso. Ci ho provato,

per qualche giorno, ma non posso. – Si alza: – Spiega tu, a Costanza, se riesci. Le ho fatto molto male, ma le voglio molto bene. – Ci pensa un secondo – Ma lei lo sa.
Sorridendo all'immagine di sua moglie, tende la mano a Lennon in silenzio.
Lennon lo guarda camminare verso la macchina, la schiena impercettibilmente curva.

***

L'ispettore Laganà rientra in Commissariato soddisfatto; il Mancuso aveva la lingua sciolta anche alle due del pomeriggio. Cerca il commissario per riferirgli le novità, ma lo avvisano che è uscito. Ha lasciato un plico urgente per lui, però, nel suo ufficio.
Si siede alla scrivania, apre la grossa busta su cui c'è scritto il suo nome. Guarda esterrefatto la sinuosa pantera in brillanti, l'orologio, l'iPhone e un altro telefono, un vecchio Samsung, che ne scivolano fuori; poi estrae il foglio che li accompagna e legge il post-it su cui, con la sua scrittura minuta e ordinata, Geraci ha appuntato:

Caro Laganà,
smetti di cercare il Duca. Avevi indovinato, non è un duca qualunque. Sono io.
Gaia mi ha soprannominato così, appena ci siamo conosciuti. Mi sfotteva per la zazzera, mi chiamava «Du' ca-pelli». Ridicolo, no?
Parla con Lennon, sa tutto, sto andando ad incontrarlo adesso.
È un ragazzo proprio in gamba, sai? Non per niente c'è arrivato prima di tutti!
Chiude gli occhi un istante; darebbe qualunque cosa per non leggere il resto, ma sa di doverlo fare.

Questa è la mia confessione.
Il giorno 21 febbraio, alle 22:20 circa...

Un colpo secco riecheggia dal cortile del Commissariato, interrompendo la sua lettura.
L'ispettore rimane un attimo impietrito, sulla sedia, poi si alza e si affaccia alla finestra.
La macchina del commissario è parcheggiata al suo solito posto e tre agenti stanno correndo, affannati, in quella direzione.

Epilogo. Giovedì, 21 giugno 2015

– Scusa scusa scusa! – Carlotta entra di corsa al Bar Blu, trascinando Black al guinzaglio. Joe, che era il padre di Black, non c'è più da quasi un anno e da quando Lennon non fa più il dog-sitter, Black segue ovunque la sua padrona. Quando raggiunge ansimando il tavolino, Irene, che sta bevendo il caffè e leggendo la stampa, alza un sopracciglio:
– Stai tranquilla, ho tutti i tempi. Siediti e riprendi fiato.
– Un inferno, stamattina. – Carlotta si siede e si allaccia finalmente le scarpe: – Non mi è suonata la sveglia e Giacomo ha fatto il diavolo a quattro. In più, arrivata al nido mi sono accorta di aver dimenticato il ciuccio a casa e sono dovuta tornare a prenderlo.
– Dài, che adesso un buon caffè con calma ti rimette in sesto.
– Sono in ritardissimo, ne prendo uno al volo e scappo!
– Dura abituarsi ai nuovi ritmi, eh? Ma vedrai, magari prima o poi ce la farai anche tu... – ride Irene caustica.
Una piccola frecciata, ricordandosi le tante volte in cui l'amica l'aveva presa in giro, accusandola di non essere organizzata e di non riuscire a programmare la sua vita, all'epoca in cui lei aveva i bambini piccoli e lo studio appena avviato.
Carlotta è poi stata indagata per il pasticciaccio Inpharma, ma prosciolta per non aver commesso il fatto.
In effetti, anche se non era venuto fuori, l'aveva confessato a Irene, sapeva benissimo tutto e aveva coperto lo stronzo. Garantiva – e conoscendo lo stronzo, Irene non faceva fatica a crederlo – che non si era messa in tasca neanche un euro. Era stata solo così stupida da credere che, in cambio, l'avvocato si sarebbe finalmente deciso a stare con lei, piantando la moglie.
Alberto Molinari, per conto della Inpharma aveva ottenuto

l'autorizzazione alla commercializzazione dell'Insunova anche se il farmaco non aveva passato alcuni importanti test sugli effetti collaterali, grazie all'amicizia con un funzionario del Ministero. Naturalmente sia lui che il funzionario si erano ritrovati con un conto in Svizzera prontamente rimpinguato dalla Inpharma.
Fortunatamente per Carlotta, non è stata provata alcuna responsabilità a suo carico e l'unica conseguenza è stata l'anno di sospensione dall'Ordine in attesa del giudizio.
Anno provvidenziale, peraltro, dal momento che, non potendo lei esercitare, lo studio Calandri, Nascimbeni, Halmann & partners aveva assunto il dottor Carboni, attuale marito di Carlotta, nonché padre del piccolo Giacomo.
L'avvocato, invece, ha subìto in primo grado una condanna a sette anni di reclusione, ma confida molto nel processo d'appello. Sua moglie, nel frattempo, ha ottenuto la separazione con addebito e continua a vivere nel Principaio con Filippo, Dory e Tea, che non ha perso il suo fascino sui cani del quartiere, nonostante i suoi dodici anni e gli imponenti baffi bianchi.
Intanto, nel carcere delle Vallette, dove probabilmente, alla fine del processo, Molinari sconterà la sua pena, Jole Sandrelli risiede ormai da circa tre anni; ha poi patteggiato, secondo le indicazioni dell'avvocato Ramella e le manca ormai poco per uscire. In fondo un po' le dispiace, la biblioteca del carcere, ha scoperto, è vasta e ben fornita, ma disordinata e sprovvista di un indice.
Si è buttata nel riordino a capofitto, ma i giorni le volano via veloci e teme di non riuscire a finire a tempo.
La sua libreria, però, le manca. Chissà le sue piante, che fine hanno fatto.
Sa già cosa farà, una volta fuori di qui. È in contatto con Clemente Rajmondi, riaprirà la libreria e la manterrà con i proventi dell'attività, decisamente proficua e meno rischiosa della cocaina, in cui lui ha proposto di coinvolgerla.
Clemente Rajmondi si è trasferito a Firenze, dove conosce un sacco di gente e spera di fare buoni affari.
Che non sia del tutto principe importa poco e nessuno ci fa caso,

ma stavano venendo fuori un po' troppe chiacchiere sul suo conto e ha pensato che fosse meglio fare le valigie e andarsene da Torino. A Firenze continua a raccontare di essere un genio della finanza, gestore di grandi patrimoni all'estero (e se anche qualche pollo ci cascasse, tanto meglio); ma in realtà continua come sempre a far soldi a palate gestendo un portale pubblicitario per escort online. Gli affari vanno a gonfie vele, tanto che medita di espandersi creando una rete nelle varie città italiane. Comincerà da Torino, che era un'ottima piazza, in fondo lì ha già sottomano la socia ideale. Il gatto Vashka, che non si è accorto di niente, tranne che della perquisizione, a Firenze si è ambientato abbastanza bene, ma ogni tanto sogna ancora quegli orribili vandali che gli hanno devastato la casa.
Anche un'altra attività sta prendendo piede, nel panorama torinese: Costanza si è finalmente decisa a chiudere la bottega antiquaria e ha ricavato una buona cifra dalla vendita all'asta, avendo in negozio ancora parecchi pezzi di valore. Ha venduto anche l'appartamento di via Mazzini e con il ricavato, unito a un cospicuo mutuo, ha acquistato e ristrutturato la Vigna della contessa de Carolis. La contessa, che non ha eredi, si è riservata il rustico, una costruzione anni Venti dalle ampie vetrate, al fondo del giardino. Nella casa padronale Costanza ha aperto, in società con Irene, un albergo per cani, completo di clinica e centro di recupero all'avanguardia. Padroni e cani possono anche soggiornarvi per seguire i corsi di addestramento, gestiti dall'équipe di comportamentisti, tra cui Lennon, che ha ottenuto il brevetto di addestratore.
Lennon non ha mai abbandonato né Ludwig né la sua chitarra; ha ottenuto l'affido definitivo del cane e ha pubblicato il suo primo CD.
Al ritorno dal cimitero, dopo il funerale del commissario, quasi tre anni e mezzo fa, ha accompagnato a casa Costanza e ha cercato di spiegarle, come gli aveva chiesto Geraci. Costanza l'ha interrotto quasi subito.
– Basta così, Lennon. Non ce n'è bisogno – ha sorriso; uno di

quei suoi sorrisi larghi e solari, solo un po' più spento e molto più malinconico. – Lo so – ha concluso.
Non ne hanno mai più parlato, ma Costanza non si dimentica mai di dare la buonanotte alla fotografia del commissario che le sorride sul comodino.

Mentre Carlotta e Irene chiacchierano davanti al loro caffè, un po' più in là, Ernesto Biasutti attraversa la piazza per raggiungere il suo studio, che è sempre lì, al 21 di piazza Vittorio. Sfoggia una giacca di lino di un rosso-arancio quasi identico a quello del suo cappotto di Casentino. Se lo avesse visto, Carlotta avrebbe sicuramente commentato:
– Ma allora è una mania!
Il dottor Biasutti entra nell'androne, si volta e dà un'occhiata furtiva attraverso la porta a vetri della portineria. Al di là delle tende incriminate, Nando gli fa un cenno accompagnato da un gran sorriso e lo guarda imboccare le scale, poi si rimette a preparare le verdure per la caponata, di cui Biasutti va pazzo.
Il loro amore prosegue indisturbato, protetto dalle pareti della portineria, da quel giorno, un mese dopo la morte di Gaia, in cui Biasutti era entrato a testa bassa nell'androne e un colpetto di tosse aveva richiamato la sua attenzione:
– Senti un po' – Nando era appoggiato a braccia conserte allo stipite della porta – non credi che sia ora di finirla? Vieni a prendere un caffè.

Ringraziamenti

E alla fine, perché è qui che si scrivono i ringraziamenti, ma in realtà fin dall'inizio, grazie a tutti coloro senza i quali non esisterebbero Lennon, Ludwig, Nando, il commissario Geraci e tutti gli altri.

Quindi grazie, che non è una parola, ma un sentimento, innanzitutto a Stefania Bertola che mi ha iniziata a questa avventura e suggerito la via per arrivare fino alla fine. Senza la sua guida non avrei saputo attraversare quella giungla affascinante e attorcigliata che è dipanare una storia cercando di evitare gli agguati di ostacoli e contraddizioni.

Grazie a Stefania anche per l'immenso regalo della sua prefazione e per l'affetto che trapela dalle sue parole e mi commuove.

Grazie a lei e ai miei «compagni di scuola», perché quei nostri venerdì insieme sono stati divertenti quasi quanto leggere uno dei suoi libri.

Grazie a Sabrina Ferrero, che ha deciso di scommettere su questa storia; con lei, grazie a tutto lo staff di Nerosubianco Edizioni.

Grazie a Luisa Albert per aver guardato Ludwig negli occhi e avergli dato vita con il suo acuto tratto di pennello.

Grazie ad Alessandra Ruffino, al suo prezioso lavoro di editing e al suo «fare il tifo per noi».

Grazie ad Anna – senza la quale non avrei conosciuto Stefania – perché ci ha messo tutta la pazienza che solo una figlia può avere e i colpi di genio che solo una *Beautiful Mind* può concepire; e con lei a Ludovico e Pietro e a Dolores per aver lungamente sopportato deliri e dolori. Grazie anche, sempre per la sopportazione, ad Antonio, che nella realtà non si chiama Piras e non è l'autista di Gaia, ma è comunque quell'Antonio lì.

Grazie a Carlo che ha delineato Lennon e gli ha trasmesso l'amo-

re per la chitarra e l'animo da Clerico Vagante, o da randagio, che dir si voglia.
Grazie a Gian che si è prestato, mi ha imprestato Willi e ha risolto il mistero del Duca.
Grazie a Cri, che ha subìto le prove con il guinzaglio. Forse quella sera pensava fosse abbastanza, come dimostrazione di amicizia, invece poi ha fatto e continua a fare tutto il resto. Se non ci fosse lei, questi sarebbero soltanto fogli in un cassetto e a me mancherebbe una grande amica.
Grazie a Marina e ai nostri caffè che sono stati e sono importanti, per me, ben più che per Lennon.
Grazie a mio padre, a Giovanna e a Paolo, che hanno fatto da cavie con la prima bozza. A Paolo grazie anche per le «dritte» di diritto penale, nonché per i lauti aperitivi che le hanno accompagnate.
Grazie ai cani della mia vita, perché c'è un pezzetto di loro in ognuno dei quadrupedi che vivono in queste pagine.
Soprattutto grazie a mia madre, che «l'ha letto tutto» e fra di noi non c'è stato bisogno di dire altro. Ci sei, in queste pagine e con me.

Indice

Prefazione di Stefania Bertola	pag.	7
I personaggi	»	8
I luoghi	»	9
1. Lunedì, 20 febbraio 2012	»	11
2. Martedì, 21 febbraio 2012	»	23
3. Mercoledì, 22 febbraio 2012. Notte	»	38
4. Mercoledì, 22 febbraio 2012	»	56
5. Giovedì, 23 febbraio 2012	»	73
6. Venerdì, 24 febbraio 2012	»	87
7. Lunedì, 27 febbraio 2012	»	104
8. Lunedì, 27 febbraio 2012. Nel pomeriggio	»	114
Epilogo. Giovedì, 21 giugno 2015	»	123
Ringraziamenti	»	127

Finito di stampare
nel mese di novembre 2017
da Nerosubianco edizioni - Cuneo (Italy)